Rumbos
Workbook/Lab Manual

Norma López-Burton
University of California Davis

Rafael Gómez
California State University Monterey Bay

Jill Pellettieri
Santa Clara University

Robert Hershberger
DePauw University

Susan Navey-Davis
North Carolina State University

THOMSON
HEINLE

Australia • Brazil • Canada • Mexico • Singapore • Spain • United Kingdom • United States

Contents

Capítulo 1 Envolviéndonos en el mundo hispano   1
    Vocabulario en contexto 1
    Estructuras 3
    Vocabulario en contexto 4
    Espejos 6
    Estructuras 6
    Rumbo abierto 9
    Autoprueba 12

Capítulo 2 La familia: Tradiciones y alternativas   15
    Vocabulario en contexto 15
    Estructuras 17
    Vocabulario en contexto 19
    Espejos 21
    Estructuras 22
    Rumbo abierto 25
    Autoprueba 28

Capítulo 3 Explorando el mundo   31
    Vocabulario en contexto 31
    Estructuras 33
    Vocabulario en contexto 35
    Espejos 37
    Estructuras 37
    Rumbo abierto 40
    Autoprueba 43

Capítulo 4 El Ocio   47
    Vocabulario en contexto 47
    Estructuras 49
    Vocabulario en contexto 51
    Espejos 52
    Estructuras 53
    Rumbo abierto 55
    Autoprueba 58

Capítulo 5 La imagen: Percepción y realidad   61
    Vocabulario en contexto 61
    Estructuras 62
    Vocabulario en contexto 64
    Espejos 66
    Estructuras 67
    Rumbo abierto 69
    Autoprueba 72

Capítulo 6 Explorando tu futuro   75
    Vocabulario en contexto 75
    Estructuras 76
    Vocabulario en contexto 78
    Espejos 80
    Estructuras 80
    Rumbo abierto 83
    Autoprueba 86

Capítulo 7 Derechos y justicia   89
    Vocabulario en contexto 89
    Estructuras 91
    Vocabulario en contexto 92
    Espejos 94
    Estructuras 95
    Rumbo abierto 97
    Autoprueba 99

Capítulo 8 La expresión artística   101
    Vocabulario en contexto 101
    Estructuras 103
    Vocabulario en contexto 105
    Espejos 107
    Estructuras 107
    Rumbo abierto 109
    Autoprueba 111

Capítulo 9 Tecnología: ¿progreso?   115
    Vocabulario en contexto 115
    Estructuras 116
    Vocabulario en contexto 118
    Espejos 119
    Estructuras 120
    Rumbo abierto 122
    Autoprueba 125

Capítulo 10 Desafíos del mundo globalizado   129
    Vocabulario en contexto 129
    Estructuras 130
    Vocabulario en contexto 132
    Espejos 134
    Estructuras 134
    Rumbo abierto 137
    Autoprueba 140

Photo Credits   142

Capítulo 1

Envolviéndonos en el mundo hispano

Vocabulario en contexto
La geografía y el clima

1-1 Las características geográficas de ciertos lugares En este capítulo estudiamos la geografía y el clima de varios países del mundo hispánico. Completa las siguientes oraciones con la palabra apropiada de la siguiente lista.

    el mar Caribe   despejado   amaneceres   El huracán   el mar Mediterráneo

1. Cuba, Puerto Rico y la República Dominicana se encuentran en _____.
2. España tiene costa sobre _____.
3. El desierto tiene generalmente un cielo muy _____.
4. _____ Andrew azotó la costa de la Florida en 1992.
5. En Honolulú hay _____ muy bonitos todas las mañanas.

1-2 Consejos para un viajero prudente Tú eres una persona muy prudente y quieres evitar todo tipo de contratiempo durante tu viaje de vacaciones. Explica por qué no debes visitar los siguientes lugares, que están asociados con ciertos fenómenos geográficos o climatológicos.

    Ejemplo   Miami durante el verano. Generalmente…
                   a. hay posibilidades de huracanes.
                   b. hay muy poca humedad.
                   c. hay tormentas de nieve.
                   d. tiene muy poco sol.
            Miami durante el verano. Generalmente (a.) **hay posibilidades de huracanes.**

1. San Francisco, California, durante el verano. Generalmente hay…
   a. neblina.
   b. nieve.
   c. huracanes.
   d. tormentas.
2. Seattle, Washington, en julio. Hay posibilidad de…
   a. huracanes.
   b. nieve.
   c. chubascos.
   d. lluvia.
3. Washington, D.C., en agosto. Hay normalmente…
   a. aire frío.
   b. nieve.
   c. humedad.
   d. tormentas.

Nombre _____ Fecha _____

4. Alaska en diciembre. Posiblemente hay…
   a. nieve.
   b. calor.
   c. huracanes tropicales.
   d. mucho sol.

5. El Saint Helens. Hay peligro a causa del…
   a. desierto.
   b. clima tropical.
   c. volcán.
   d. altiplano.

CD1-2

1-3 De vacaciones en Puerto Rico ¿Qué sabes del clima de Puerto Rico? Escucha el siguiente diálogo y decide si las oraciones son ciertas (**Sí**) o falsas (**No**).

	Sí	No
1. El clima de Puerto Rico es seco.	_____	_____
2. Está nevando ahora.	_____	_____
3. Más tarde llueve mucho más.	_____	_____
4. Posiblemente esté llegando un huracán.	_____	_____

CD1-3

1-4 El pronóstico del tiempo Escucha el siguiente pronóstico del tiempo que da una radioemisora en Granada y contesta las preguntas.

1. ¿Qué tiempo hace ahora?
   _____

2. ¿Qué tiempo hace en la Sierra?
   _____

3. ¿Qué tiempo va a hacer el martes?
   _____

4. ¿Cuál es la temperatura máxima y la mínima?
   _____

5. ¿Qué tipo de clima es típico en Granada?
   _____

2 RUMBOS Workbook/Lab Manual

Nombre _____ Fecha _____

Estructuras
Usos del tiempo presente del indicativo

1-5 Una película divertida Un amigo tuyo quiere ir al cine este fin de semana. En el teatro cerca de la universidad están presentando la película *Spanglish* y él te pregunta de qué se trata la película. Completa la siguiente descripción del film.

Spanglish 1. _____ (ser) una película divertida. La película 2. _____ (describir) el choque de culturas y emociones creado cuando Flor, una joven mexicana, y su hija 3. _____ (venir) a trabajar y a vivir en la casa de una familia de California. La protagonista no 4. _____ (hablar) inglés y los dueños de la casa no 5. _____ (entender) ni una palabra de español. Como es de esperar, 6. _____ (haber) una serie de malentendidos que 7. _____ (causar) grandes problemas. Tampoco 8. _____ (poder) faltar la historia de amor. Para descubrir quiénes se enamoran tú 9. _____ (tener) que ver la película.

1-6 Una encuesta Una compañía de mercadotecnia está interesada en conocer mejor los gustos de los estudiantes de tu universidad. Ellos están llevando a cabo una encuesta para una compañía que se especializa en servicios en español para hispanohablantes y personas interesadas en el idioma y la cultura de Hispanoamérica. Contesta las siguientes preguntas.

1. ¿De dónde es usted?
   _____

2. Si usted no es de los Estados Unidos, ¿cuántos años hace que vive en este país?
   _____

3. ¿Dónde vive?
   _____

4. ¿Qué idioma(s) habla usted en casa?
   _____

5. ¿Cuáles son sus programas favoritos de televisión?
   _____

6. ¿Qué tipo de música le gusta a usted?
   _____

CD1-4

1-7 Problemas de los viajeros Escucha los siguientes problemas que tienen unos viajeros y pon el número de la situación al lado de la frase que mejor describe lo que pasa.

tiene hambre _____   tiene vergüenza _____

tiene calor _____   tiene sed _____

tiene miedo _____   tiene éxito _____

tiene cuidado _____

Capítulo 1   3

Nombre _____ Fecha _____

CD1-5

1-8 Las Cataratas del Iguazú Escucha qué le pasa a este grupo de jóvenes que visitan las Cataratas del Iguazú en Argentina. Usa la forma apropiada de **ser** o **estar**.

   Ejemplo   Vas a escuchar: Este chico prefiere quedarse en su casa y no hacer nada.
                 Tú dices: **Es un chico aburrido.**

1. Es ridículo. _____ loco.
2. _____ argentinos.
3. _____ un guía.
4. _____ enfermo.
5. ¿_____ listos?
6. _____ ricas.
7. _____ seguro.
8. _____ gritando.
9. El guía _____ muy listo.

Vocabulario en contexto
Los hispanos en los Estados Unidos

1-9 ¿Qué sabes? A ti te asignan la responsabilidad de preparar una serie de eventos para celebrar el mes de la herencia latina en los Estados Unidos, y tienes que investigar un poco sobre los diferentes grupos que forman la comunidad hispana en este país. ¿Qué sabes de los hispanos en los Estados Unidos? Lee las siguientes afirmaciones y luego escoge la respuesta apropiada.

1. Muchos inmigrantes en los Estados Unidos aprenden el inglés y adoptan muchas de las características de los estadounidenses de clase media; en otras palabras ellos se…
   a. sienten rechazados por la sociedad.
   b. asimilan a la cultura dominante.
   c. agrupan alrededor de sus compatriotas.

2. Los puertorriqueños han hecho importantes **aportes** a la cultura de los Estados Unidos. ¿Qué significa la palabra **aporte**?
   a. contribución
   b. valoración
   c. ayuda

3. El segmento de la población de un país que difiere de la mayoría de la población por raza, lengua o religión se le designa como…
   a. una pluralidad.
   b. una minoría.
   c. un grupo inferior.

Nombre _____ Fecha _____

4. Muchos latinoamericanos vienen a los Estados Unidos para **superarse**. ¿Qué significa la palabra **superarse**?
   a. tener éxito
   b. adoptar las costumbres de la cultura dominante
   c. imponerse sobre los demás

5. Muchas culturas del continente americano tienen mucho respeto por sus bisabuelos y abuelos, y en general por las generaciones que vivieron hace muchos años. Esto quiere decir que veneran a sus…
   a. castas.
   b. aliados.
   c. antepasados.

1-10 Hablando de celebraciones Donaldo y Amanda están hablando por teléfono. Donaldo quiere invitar a su compañera de clase a una fiesta de cumpleaños en la casa de sus padres. Completa el siguiente diálogo con la palabra apropiada.

   una pista de baile   una pachanga   puestos   las fiestas patrias   entretenida

AMANDA: ¿Bueno?
DONALDO: ¡Hola, Amanda! Te habla Donaldo.
AMANDA: ¿Qué hay de nuevo?
DONALDO: Te llamo para invitarte a 1. _____ este próximo sábado.
AMANDA: ¿Qué estás celebrando?
DONALDO: Celebramos 2. _____. Como tú sabes, el 16 de septiembre es un día muy importante para los mexicanos y centroamericanos. Va a ser una celebración muy 3. _____. Vamos a tener 4. _____ para que todos puedan bailar y 5. _____ con comida típica de toda América Latina.
AMANDA: Pues nos vemos el sábado.

CD1-6

1-11 Un crisol ¿Cómo son los hispanohablantes? Escucha las siguientes narraciones y selecciona la oración correcta.

_____ 1. a. Un boricua es un puertorriqueño.
       b. Un boricua es un cubano.

_____ 2. a. Es difícil adaptarse a una nueva cultura.
       b. Es difícil aportar a una nueva cultura.

_____ 3. a. Un chicano es una persona que vive en el sur de los Estados Unidos.
       b. Un chicano es alguien de ascendencia mexicana.

_____ 4. a. Las fiestas patrias son celebraciones.
       b. Un ejemplo de una fiesta patria es el Día de San Valentín.

_____ 5. a. La pachanga es la fiesta y el baile.
       b. La pachanga es el grupo que provee la música.

Nombre _____ Fecha _____

CD1-7

1-12 ¿Qué dice? Esta señora está en un café dando su opinión sobre una variedad de temas. ¿A qué se refiere? Selecciona de la siguiente lista las palabras correctas para contestar las preguntas.

superarse   alucinante   los hispanohablantes   las fiestas patrias
aporte a la economía   los antepasados   se asimilan   entretenido

1. La señora está hablando de _____.

2. Los indígenas y los españoles son _____.

3. Su _____ ha sido muy importante.

4. Vienen a los EE.UU. para _____.

5. Generalmente la segunda y tercera generación _____.

Espejos

CD1-8

1-13 El español en 21 países Escucha la siguiente narración acerca de la variedad del léxico en el idioma español y contesta las preguntas que siguen.

1. ¿Qué otros idiomas se hablan en los países de habla hispana?
   _____

2. ¿Qué palabras indígenas en la narración forman parte de tu vocabulario?
   _____

3. ¿Qué palabras adoptaron los hispanohablantes del inglés?
   _____

4. ¿Qué otros idiomas hablan en los Estados Unidos además del inglés?
   _____

5. ¿Conoces algunas palabras de los indígenas de los Estados Unidos?
   _____

Estructuras

Artículos definidos e indefinidos; Concordancia y posición de adjetivos

1-14 Los Ángeles, la ciudad del futuro Algunos intelectuales creen que la ciudad de Los Ángeles representa la primera ciudad verdaderamente global. Completa el siguiente párrafo sobre esta ciudad, usando la forma apropiada del artículo, definido o indefinido, si es que se necesita.

Los Ángeles no es sólo 1. (la / una) capital mundial 2. (de / del) entretenimiento. Es también 3. (una / la) de las ciudades que más inmigrantes atrae en todo 4. (el / un) país. Encontramos, por ejemplo, la colonia más grande de gente proveniente 5. (de / del) El Salvador. La ciudad atrae a 6. (los / —) artistas, intelectuales, comerciantes y estudiantes. Es el lugar perfecto para aprender a hablar 7. (el / —) español o cualquier otro idioma del mundo. También es la ciudad donde 8. (los / —) sueños se hacen realidad. En resumen, es 9. (un / el) excelente puerto de entrada a nuestro país.

6 RUMBOS Workbook/Lab Manual

1-15 Necesitamos nuevos miembros La organización latina de tu universidad quiere crear un club de estudiantes. A continuación tienes una lista de las características que deben tener los miembros de esta agrupación. Escribe la forma correcta del adjetivo.

Ejemplo Queremos personas (dinámico) _____.
Queremos personas dinámicas.

1. Necesitamos un líder (eficiente) _____.

2. Debe ser una persona (curioso) _____.

3. También queremos reclutar miembros (entusiasta) _____.

4. Buscamos personas que sean bien (organizado) _____.

5. Tenemos que encontrar compañeras y compañeros (inquieto) _____.

1-16 Una carta a la familia Termina de escribir la siguiente carta a tus padres contándoles sobre tu experiencia en Miami. Llena los espacios con los artículos o adjetivos que tengan sentido según el contexto de la carta. Algunos se usan más de una vez.

| nuevo | una | cubana | todas | las | franceses |
| americana | hispanohablante | españoles | un | grande |

Queridos papá y mamá:

Mi amigo Ricardo me invitó este fin de semana a 1. _____ celebración del Día de los Reyes Magos. Parece que es 2. _____ fiesta que se celebra en 3. _____ partes del mundo 4. _____. Aquí en Miami es un evento organizado principalmente por la comunidad cubano-5. _____, aunque vi gente que vino de todas partes del mundo. Vi mexicanos que vinieron desde el D.F., 6. _____ de Madrid y 7. _____ de París. La fiesta empieza con 8. _____ desfile por 9. _____ calles de la Pequeña Habana. No es un desfile muy 10. _____ pero sí muy divertido.

Después de bailar un rato fuimos al restaurante La Pequeña Habana. Es 11. _____ lugar muy conocido por estos lados. Se especializa en comida 12. _____ y tuvimos suerte de poder encontrar una mesa tan pronto como llegamos. Nos dicen que generalmente hay que esperar para poder comer ahí.

En fin, me encuentro ya listo para empezar el 13. _____ semestre. Espero que ustedes se encuentren bien y saludos a toda la familia.

Besos,
Martín

Nombre _____ Fecha _____

CD1-9

1-17 Chismes en las familias Escucha esta conversación sobre la familia de Fernando y responde a las preguntas siguiendo el ejemplo.

    Ejemplo   Tú escuchas: Miriam es una tía muy buena y simpática. ¿Y el tío Ricardo?
                  Tú escribes: **Ricardo es un tío muy bueno y simpático.**

1. Mis abuelas _____
2. Mi prima _____
3. Su hermano _____
4. Esos niños _____
5. Mis tías _____

CD1-10

1-18 Un gran festival Escucha la descripción de lo que pasa en este festival y contesta las preguntas teniendo cuidado de usar los artículos definidos o indefinidos.

1. ¿Qué festival se celebra?
   _____

2. ¿De qué cuadra *(block)* a qué cuadra hay celebraciones?
   _____

3. ¿Qué hay en cada intersección?
   _____

4. ¿Qué día de la semana se celebra el festival?
   _____

5. ¿En qué fecha se celebra el festival este año?
   _____

8 RUMBOS Workbook/Lab Manual

Nombre _____ Fecha _____

Rumbo abierto

¡A leer!

El español, idioma universal

Lee el siguiente artículo sobre el idioma español y luego contesta las preguntas al final.

Estrategia: Los cognados

Los cognados son palabras que tienen similitudes en ortografía y significado en dos idiomas diferentes. Trata de identificar los cognados en la siguiente lectura.

Paso 1: Lee rápidamente el siguiente artículo e identifica un mínimo de cinco cognados.

_____
_____
_____
_____

Paso 2: Ahora lee el artículo con cuidado y adivina el significado de las palabras nuevas, usando el contexto como guía.

> El español es un idioma universal. Su importancia a nivel internacional está relacionada con el número de personas que lo hablan como lengua materna y los millones que lo usan como segundo idioma, o que lo aprenden por razones profesionales.
>
> Vamos a encontrar a hispanohablantes en muchas partes del mundo, incluyendo los Estados Unidos. El español es una de las lenguas oficiales de España, de un buen número de países de Centro y Sudamérica, del Caribe, además de Guinea Ecuatorial en África. Se usa también en los Estados Unidos, las islas Filipinas, Brasil y Belice. Hay aproximadamente cuatrocientos millones de personas en el mundo que usan este idioma en su vida diaria. Además, es una de las lenguas oficiales de las Naciones Unidas y de la Unión Europea y se usa con frecuencia en un sinnúmero de organizaciones internacionales.
>
> El español forma también parte de la cultura estadounidense. El departamento del censo en los Estados Unidos calcula que hay un poco más de 28 millones de personas que hablan español en nuestro país. Viven principalmente en los estados de California, Arizona, Nuevo México, Texas, Florida, Nueva York y Nueva Jersey. En muchos de estos lugares el español es el lenguaje del comercio, la política y el entretenimiento. Es también la lengua extranjera que más se estudia en nuestras escuelas y universidades.
>
> No es por lo tanto exagerado afirmar que el idioma de Cervantes es en verdad universal.

Paso 3: Lee las siguientes oraciones e indica si son ciertas (**C**) o falsas (**F**). Si la oración es falsa, corrígela.

1. El español es el idioma oficial de Guinea Ecuatorial en África. **C / F**

   _____

2. El español es uno de los idiomas oficiales de la Unión Europea. **C / F**

   _____

3. Hay un poco menos de 18 millones de hispanohablantes en los Estados Unidos. **C / F**

   _____

Nombre _____ Fecha _____

4. Louisiana es uno de los estados con mayor número de hispanohablantes en nuestro país. **C / F**

_____

5. El español es la lengua extranjera que más se estudia en las escuelas de los Estados Unidos. **C / F**

_____

¡A escribir!

El festival de la multiculturalidad

Un periódico estudiantil va a publicar una serie de artículos sobre la diversidad cultural de tu universidad. Los redactores te piden que escribas una descripción de una celebración familiar, que de alguna manera capture la ascendencia cultural de tu familia. Recuerda que tu artículo va dirigido a otros estudiantes y que tiene como finalidad describir un evento de importancia para tu familia.

Paso 1: Antes de completar esta actividad regresa al libro de texto y lee otra vez el proceso de redacción en las estrategias de escritura. Luego, haz una lista de las celebraciones familiares: Navidad, Día de acción de Gracias, Jánuca, Cuatro de julio, etc., y selecciona la que vas a usar para tu composición. No te olvides anotar algunos detalles sobre esta celebración familiar.

> **Functions:** Talking about the present; Making transitions; Linking ideas
> **Vocabulary:** Nationality
> **Grammar:** Present indicative; Articles: definite and indefinite; Verbs: **ser, estar**; Agreement

Paso 2: Basándote en la información del Paso 1, escribe en un papel el primer borrador de tu descripción.

Paso 3: Ahora, revisa tu borrador y haz los cambios necesarios. Asegúrate de verificar el uso del vocabulario apropiado del Capítulo 1, las conjugaciones de los verbos, los usos de **ser, estar, tener** y **haber** y la concordancia. Cuando termines, entrégale a tu profesor(a) la versión final de tu composición.

CD1-11

¡A pronunciar!

Vocales

Es importante repasar las vocales y recordar que en español se pronuncian de una manera diferente al inglés y su sonido es consistente, no importa en qué combinación se escriba.

- Repite los sonidos de la "**a**" imitando la voz que oyes.

    altura
    altiplano
    amanecer
    plana
    pachanga
    La altura de las montañas es impresionante.
    Copacabana está en un altiplano de Bolivia.

10 RUMBOS Workbook/Lab Manual

- Repite los sonidos de la **"e"** imitando la voz que oyes.

    etnia
    establecer
    étnico
    pertenecer
    Ecuador
    La elevación del Chimborazo en el Ecuador es de 20.561 pies.
    Guatemala tiene muchísimos grupos étnicos.

- Repite los sonidos de la **"i"** imitando la voz que oyes.

    indígena
    isla
    influir
    inmigrar
    Iguazú
    Iguazú significa "grandes aguas" en guaraní.
    Las lenguas indígenas influyeron en el español.

- Repite los sonidos de la **"o"** imitando la voz que oyes.

    rocoso
    llover
    puesto
    homogéneo
    órale
    El suelo es rocoso y peligroso.
    Órale, ¡qué puesto fantástico!

- Repite los sonidos de la **"u"** imitando la voz que oyes.

    húmedo
    duda
    quiúbole
    alucinante
    superarse
    Uruguay
    El Uruguay está ubicado en Sudamérica.
    El clima es muy húmedo en Puerto Rico.

Capítulo 1   **11**

Nombre _____ Fecha _____

Autoprueba

CD1-12

I. Comprensión auditiva

Escucha la siguiente narración sobre los hispanohablantes en los Estados Unidos y decide si las oraciones son ciertas (**C**) o falsas (**F**).

1. La mayoría de los hispanos en los Estados Unidos son de origen mexicano. **C / F**
2. Los primeros trabajos que consiguen los inmigrantes son en hoteles. **C / F**
3. Los inmigrantes generalmente no trabajan mucho. **C / F**
4. Sus hijos generalmente alcanzan a un mejor nivel económico. **C / F**

II. Vocabulario en contexto

¿Qué sabemos del clima y de las festividades? Encuentra la mejor definición en la columna de la derecha.

_____ 1. la puesta del sol
_____ 2. chubasco
_____ 3. plano
_____ 4. bahía
_____ 5. despejado
_____ 6. aporte
_____ 7. boricua
_____ 8. pachanga
_____ 9. alucinante
_____ 10. puesto

a. donde llegan los barcos
b. lluvia fuerte
c. una persona de Puerto Rico
d. contribución
e. cuando desaparece el sol
f. no hay nubes, solo* sol
g. donde venden cosas
h. increíble
i. fiesta
j. lo opuesto a montañoso

*According to the Real Academia, *solo* (adverb) can now be written without an accent on the first "o." This applies to the pronoun *este* as well that can now be written without an accent on the first "e."

III. Estructuras

A. Verbos en el presente del indicativo ¿De dónde son y qué hacen estas personas? Cambia la oración según el sujeto dado.

Ejemplo Me <u>llamo</u> Carlos, <u>soy</u> de El Salvador y <u>llevo</u> cinco años en California.
(Marta y Adriana)
Nos **llamamos** Marta y Adriana, **somos** de El Salvador y **llevamos** cinco años en California.

1. <u>Estoy estudiando</u> en la biblioteca pero <u>prefiero</u> estudiar al aire libre, así es que ahora <u>me voy</u>. (mis amigos)

_____

2. En este momento <u>pienso</u> ir al restaurante La cocina. Lo <u>conozco</u> muy bien. <u>Sé</u> que la comida es riquísima. (Cesar)

_____

3. No <u>entiendo</u> algunos acentos en español. <u>Pienso</u> que el acento mexicano es más fácil porque <u>miro</u> mucho Univisión. (nosotros)

_____

Nombre _____ Fecha _____

B. Los verbos *ser, estar, tener* y *haber* ¿Qué está pasando? Escoge la mejor respuesta para explicar.

_____ 1. Se siente enfermo.
   a. Está malo.
   b. Es malo.

_____ 2. Nació en de Uruguay.
   a. Es de Uruguay.
   b. Está en de Uruguay.

_____ 3. La familia siempre ha tenido mucho dinero.
   a. Es rica.
   b. Está rica.

_____ 4. La esposa está enamorada del cantante Luis Miguel.
   a. El esposo tiene celos.
   b. El esposo tiene prisa.

_____ 5. El niño tiene ocho años y todavía no sabe leer.
   a. Los padres tienen la culpa.
   b. Los padres tienen sueño.

_____ 6. Prefiero las tortillas frescas de doña Mercedes.
   a. Están muchas en su casa.
   b. Hay muchas en su casa.

C. Usos de artículos definidos e indefinidos Escribe el artículo donde sea necesario para saber algo sobre estos hispanohablantes.

1. _____ doña Margarita es muy amable.
2. _____ Sr. Cabrera es boliviano.
3. _____ población hispana continúa creciendo.
4. _____ valores de cada cultura son diferentes.
5. _____ Estados Unidos es un país de inmigrantes.
6. Quiero comprender _____ español mejor.
7. Mis hijos pueden hablar _____ español bastante bien.
8. _____ dominicanos son de _____ República Dominicana.

D. Concordancia y posición de adjetivos Cambia la palabra subrayada para ver qué le dice Mariana a Carlos.

1. Carlos: "Muchas <u>mujeres</u> son malas y tontas."
   Mariana: (hombres) "_____ también."

2. Carlos: "No hay grandes <u>mujeres</u> en la historia."
   Mariana: (hombres) "_____ tampoco."

Capítulo 1

3. Carlos: "No hay <u>mujeres</u> guapas ni inteligentes en esta ciudad."

   Mariana: (hombres) "_____ tampoco."

4. Carlos: "Las <u>mujeres</u> deben ser amables y consideradas."

   Mariana: (un hombre) "_____ también."

5. Carlos: "Hmm, en realidad, <u>tú</u> no eres descortés ni fea."

   Mariana: (tú) "_____ tampoco."

IV. Cultura

¿Qué has aprendido en este capítulo sobre los hispanohablantes? Lee las siguientes oraciones y decide si son ciertas (**C**) o falsas (**F**).

1. Es imposible ser negro y también hispano. **C / F**
2. El segundo idioma en muchos países hispanohablantes es el idioma indígena de la región. **C / F**
3. En España se habla solo español. **C / F**
4. Nieva en la Argentina. **C / F**
5. Los incas son los antepasados de muchos mexicanos. **C / F**

Capítulo 2
La familia: Tradiciones y alternativas

Vocabulario en contexto
Las familias tradicionales, modernas y alternativas

2-1 La oveja negra de la familia Lee la siguiente historia de un pariente muy particular de una familia guatemalteca. Llena los espacios con la palabra apropiada.

afecto   tatarabuelo   primogénito   regañaba   bisabuela

En cada familia hay una oveja negra. Puede ser el 1. _____ o el hijo menor. Recuerdo que en mi casa siempre se mencionaba el nombre de mi 2. _____ Jacinto con mucha reverencia. Se decía que después de tener una hija, mi 3. _____ Candelaria se había marchado para California durante la época de la fiebre del oro para nunca volver. Siempre lo imagino como una persona extraordinaria y lo recuerdo con mucho 4. _____ aunque nunca lo conocí. Cuando era niño me encantaba empacar mis cosas y jugar a escaparme de mi casa para ir en busca de tata Jacinto. Tan pronto como mi madre me veía con mi maleta se enojaba y me 5. _____.

2-2 La familia y la sociedad Los primeros recuerdos de nuestras vidas generalmente están ligados a un íntimo círculo familiar. En muchas comunidades de Centroamérica ese círculo puede incluir un grupo más extenso de personas. ¿Quiénes son estas personas? ¿Cómo podemos describir sus relaciones familiares? Empareja la columna A con la columna B.

Ejemplo   hermana de mi padre   **Tía**

A

hijo de mi tío _____

confiar _____

íntima _____

hija de mi tía _____

la hermana de mi abuela _____

la madre de mi bisabuelo _____

B

a. tía abuela

b. prima hermana

c. cercana

d. la tatarabuela

e. primo hermano

f. contar con

🔊 CD1-13

2-3 Una familia complicada Escucha la narración, llena el árbol genealógico y contesta las preguntas.

```
            Juan Carlos & Sara
           ┌──────┴──────┐
          Ana        Adela & Pedro
                          │
              Jacinto & (1)_____        Jacinto & (2)_____
              ┌────┬────┬────┐            ┌─────┬─────┐
                                        (3)___ (4)___ (5)___
             hijo hijo hijo hijo              Cristina & (6)_____
                                                   │
                                                (7)_____
```

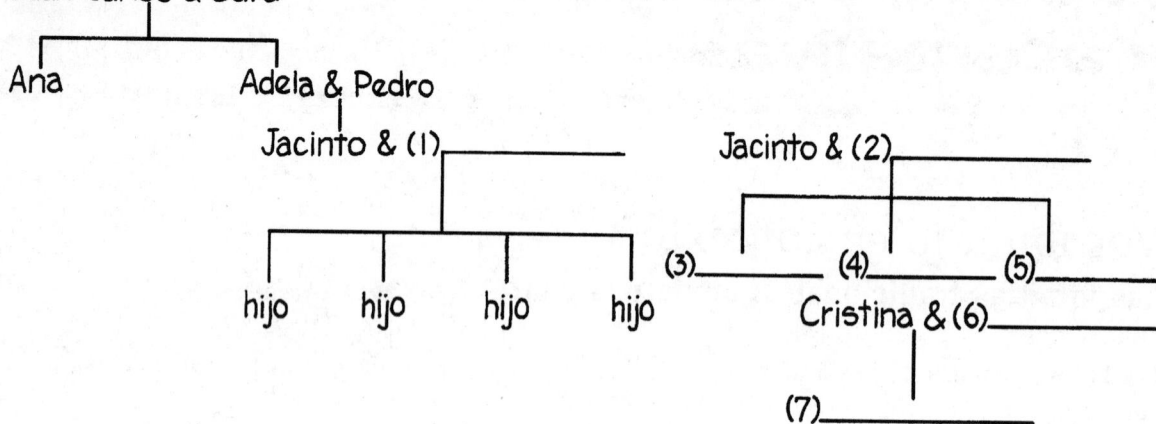

1. ¿Cuántos hijastros tiene Cristina?
   _____

2. ¿Cuántos hijos biológicos tiene Cristina?
   _____

3. ¿Tiene Mateo una madrastra?
   _____

4. ¿Qué relación tienen Mateo y Adela?
   _____

5. ¿Qué relación tienen Mateo y Ana?
   _____

6. ¿Qué relación tienen Mateo y Juan Carlos?
   _____

🔊 CD1-14

2-4 Una buena familia Escucha las siguientes oraciones y determina si es lo mismo que está escrito.

	Sí	No
1. Somos parientes lejanos.	___	___
2. La esposa de mi papá no es mala.	___	___
3. Mi padre trabaja mucho para su familia.	___	___
4. Mi abuelo salió con muchas mujeres.	___	___
5. Los vecinos se separaron o se divorciaron.	___	___
6. Mi abuela no les da dinero a los niños perezosos.	___	___
7. Nuestra familia se lleva muy bien.	___	___

16 RUMBOS Workbook/Lab Manual

Estructuras

Haber + el participio pasado; Diferencias básicas entre el pretérito y el imperfecto

2-5 ¿Por qué son famosas las siguientes personas? Empareja el nombre de una de las personas famosas de la columna A con la acción que ha llevado acabo. No te olvides de conjugar el verbo de la columna B en el presente perfecto.

Ejemplo   Fidel Castro   gobernar Cuba por 45 años
            Fidel Castro es famoso porque **ha gobernado** Cuba por 45 años.

A
1. Carlos Santana
2. Rigoberta Menchú
3. Miguel Ángel Asturias
4. Violeta Barrios de Chamorro
5. Bill Clinton

B
trabajar por la paz en Centroamérica
ganar muchos premios por sus novelas
tener mucho éxito con su música
ser elegido presidente dos veces
jugar un papel importante en la política de Nicaragua

1. _____
2. _____
3. _____
4. _____
5. _____

2-6 La vida antes de venir a los Estados Unidos Usa el pasado perfecto para indicar lo que había hecho Carlota Sáenz antes de venir a los Estados Unidos.

Ejemplo   Antes de venir a los Estados Unidos… viajar por toda Centroamérica
            Antes de venir a los Estados Unidos había viajado por toda Centroamérica.

1. vivir con mi familia en Managua

2. criar dos hijos

3. divorciarse de mi primer esposo

4. aprender inglés en la Universidad Autónoma de Nicaragua

5. solicitar trabajo en una universidad de Texas

6. recibir una oferta de la Universidad de Texas en Austin

Capítulo 2   **17**

2-7 La Semana Santa en Antigua Termina de escribir este artículo en el cual se describen las festividades de Semana Santa. Presta atención al contexto y escoge entre el pretérito y el imperfecto.

La semana pasada las calles principales de Antigua, Guatemala, 1. _____ (convertirse) una vez más en el escenario de la famosa celebración de Semana Santa. 2. _____ (Ser), como siempre, una mezcla de fe católica y tradición popular. Los turistas 3. _____ (venir) de las cuatros esquinas del mundo a admirar las famosas alfombras hechas de flores, frutas o aserrín *(sawdust)*. Esta costumbre viene de la época prehispánica. Se dice que durante la colonia los sacerdotes 4. _____ (caminar) sobre estas alfombras hechas de plumas.

La imagen de Jesús portando la cruz 5. _____ (recorrer) las calles de la ciudad. La noche del jueves los vecinos de la ciudad 6. _____ (pasar) la noche preparando las alfombras mientras los demás 7. _____ (dormir). El viernes 8. _____ (empezar) con el desfile de los soldados romanos, seguido por la procesión de Jesús y la virgen. Más de ochenta hombres 9. _____ (cargar) las figuras sagradas mientras que centenares de fieles 10. _____ (disfrutar) del espectáculo.

CD1-15

2-8 Medalla de oro Escucha la narración sobre el nicaragüense Steven López, atleta olímpico de Tae Kwon Do. Escribe los verbos que escuchas en la columna apropiada.

Pretérito		Imperfecto
_____	1. ser	_____
_____	2. poner	_____
_____	3. empezar	_____
_____	4. recibir	_____
_____	5. tener	_____
_____	6. convertir	_____
_____	7. llamar	_____
_____	8. practicar	_____
_____	9. ir	_____
_____	10. ganar	_____
_____	11. preguntar	_____
_____	12. contestar	_____
_____	13. ser	_____

Nombre _____ Fecha _____

CD1-15

2-9 Más sobre Steven López Escucha otra vez la narración y escribe oraciones según la información en la narración. Ojo con el uso del pretérito y del imperfecto.

Ejemplo   Bruce Lee
El padre era fanático de Bruce Lee.

1. clases de defensa propia
_____

2. Tae Kwon Do
_____

3. cinta negra
_____

4. todos los días
_____

5. las Olimpiadas
_____

6. medalla de oro
_____

Vocabulario en contexto
Ritos, celebraciones y tradiciones familiares

2-10 Definiciones Acabas de leer un artículo en una revista y tienes una lista de las palabras que no entendiste. Empareja las palabras de la izquierda con las definiciones de la derecha.

_____ 1. guirnalda
_____ 2. agradecer
_____ 3. fogata
_____ 4. contar chistes
_____ 5. trasnochar
_____ 6. estar de luto
_____ 7. bautismo

a. sacramento cristiano
b. vestir ropa negra como signo de pena y duelo
c. pasar la noche sin dormir
d. decir historias graciosas
e. corona tejida de flores y ramas
f. fuego que levanta mucha llama
g. mostrar gratitud, dar gracias

Nombre _____ Fecha _____

2-11 La página social en el periódico A continuación tienes los anuncios de la página social de un periódico centroamericano. Llena el espacio en blanco con la palabra apropiada. Usa las palabras de la lista.

aniversario de bodas   **el día del santo**   **el nacimiento**   **primera comunión**   **dar el pésame**

> El niño Pedro Gómez Rodríguez celebrará su 1. _____
> el próximo domingo 25 de febrero en la catedral de Antigua.

> El doctor Mario Peralta Bosch y su esposa Teresa Pérez Holguín festejarán su
> 2. _____ con sus hijos y nietos en su hacienda de
> La Ceiba. La pareja cumple veinticinco años de matrimonio.

> Este 29 de septiembre es el Día de San Rafael; no olvide felicitar a sus amigos
> de ese nombre ya que ellos celebran 3. _____.

> La redacción de este periódico quiere 4. _____ a
> la familia Urioste Salgado por la muerte de su padre don Ezequiel.

> Felicitaciones a Teresita Torres y a su esposo José Torres por
> 5. _____ de su hija, Sofía Alejandra.

CD1-16

2-12 Días especiales Escucha lo que está pasando y decide si las oraciones son ciertas (**Sí**) o falsas (**No**).

	Sí	No
1. Primer párrafo:		
a. La familia celebra un aniversario.	_____	_____
b. La familia está de luto.	_____	_____
c. Los amigos le dan el pésame.	_____	_____
2. Segundo párrafo:		
a. En estos días se celebra una boda.	_____	_____
b. Se cantan villancicos.	_____	_____
c. Algunos se emborrachan.	_____	_____
3. Tercer párrafo:		
a. Se celebra el nacimiento de una persona.	_____	_____
b. Se decora la casa.	_____	_____
c. Los adultos se acuestan temprano.	_____	_____

Nombre _____   Fecha _____

CD1-17

2-13 ¿Qué es? Escribe el número de la definición que escuchas al lado de la palabra.

1. payaso   _____
2. rezar   _____
3. el día del santo _____
4. Jánuca   _____
5. graduación   _____
6. aniversario de bodas _____
7. chiste   _____
8. cuaresma   _____

Espejos
El calendario maya: Conocimiento transmitido de generación en generación

CD1-18

2-14 El calendario maya Escucha la narración y selecciona la palabra apropiada para completar la oración.

1. El calendario maya puede predecir *(predict)*…
   a. fuegos.
   b. eclipses.
   c. fortuna.

2. El calendario maya tiene…
   a. 18 meses.
   b. 20 meses.
   c. 12 meses.

3. Cada mes del calendario maya tiene…
   a. 18 días.
   b. 20 días.
   c. 31 días.

4. El total de días en un año en el calendario maya es de…
   a. 360 más 5 días de descanso.
   b. 355 días.
   c. 360 días.

5. Nuestro calendario se llama…
   a. calendario gregoriano.
   b. calendario juliano.
   c. calendario romano.

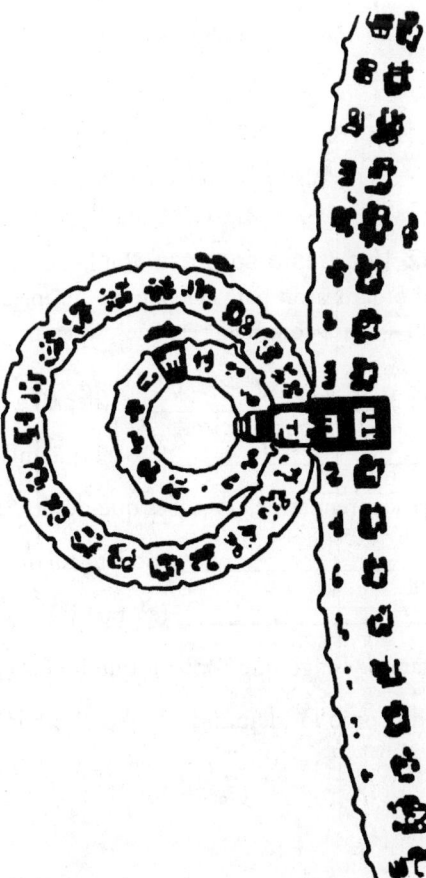

Capítulo 2   **21**

Estructuras
Más diferencias entre el pretérito y el imperfecto

2-15 ¿Cómo te fue? Esteban y Marcos se encuentran en la cafetería de la universidad al principio del semestre. Marcos pasó el verano en Honduras y su amigo Esteban quiere saber cómo le fue. Lee el siguiente diálogo. Decide si debes usar el pretérito o el imperfecto.

ESTEBAN: Hola, Marcos. ¿Cómo has estado?

MARCOS: Pues bien, no puedo quejarme.

ESTEBAN: ¿Cómo te 1. _____ (fue/iba) por Honduras?

MARCOS: Bastante bien si no tomo en cuenta un accidente que (yo) 2. _____ (tuve/tenía).

ESTEBAN: Cuéntame qué 3. _____ (pasó/pasaba).

MARCOS: El día antes de regresar a los Estados Unidos 4. _____ (conocí/conocía) al director del programa de intercambios estudiantiles de nuestra universidad. Él 5. _____ (fue/iba) a viajar en el mismo vuelo y se ofreció a llevarme al aeropuerto. Yo no 6. _____ (quise/quería) ir con él pero a fin de cuentas no 7. _____ (pude/podía) negarme. Para no alargar más la historia, te cuento que (nosotros) 8. _____ (tuvimos/teníamos) tremendo accidente. Este pobre señor no 9. _____ (supo/sabía) manejar, además de que tampoco 10. _____ (pudo/podía) explicar a la policía lo que pasó, pues no habla muy bien el español y terminamos todos en la cárcel.

ESTEBAN: ¡No me lo puedo creer!

2-16 Una fiesta sorpresa Raúl le cuenta a su madre sobre la fiesta sorpresa que sus compañeros de casa organizaron para celebrar su cumpleaños. Decide qué forma es necesaria —el pretérito o el imperfecto— para completar esta descripción.

Ayer 1. _____ (llegar) a casa a la misma hora de siempre, pero de inmediato 2. _____ (saber) que mis amigos me 3. _____ (esperar) escondidos para sorprenderme. Tú sabes que desde cuando 4. _____ (ser) pequeño 5. _____ (poder) adivinar si iba a tener o no una fiesta sorpresa. En fin, 6. _____ (entrar) y 7. _____ (esperar) hasta que todos salieron gritando. Tengo que confesar que no 8. _____ (saber) cómo reaccionar y terminé gritando como los demás. En realidad, no hay nada que me guste más que compartir con buenos amigos.

Nombre _____ Fecha _____

CD1-19

2-17 Situaciones Escucha las cuatro situaciones narradas y pon el número correcto para indicar qué situación corresponde a cuál dibujo.

1. _____

2. _____

3. _____

4. _____

Capítulo 2   23

CD1-20

2-18 Situaciones otra vez Ahora escucha las situaciones de la actividad 2-17 otra vez y escribe los verbos bajo la clasificación adecuada.

acción completa

Ejemplo Tito vio el pastel.

_____

_____

_____

_____

_____

cómo se sentía

_____

_____

_____

_____

_____

acción en progreso

_____

_____

acción simultánea

_____

Rumbo abierto
¡A leer!

Antes de leer el siguiente pasaje regresa al libro de texto y repasa la sección sobre la estrategia de lectura.

Estrategia: Usando la idea principal para anticipar el contenido

Paso 1: Lee el título del siguiente artículo y selecciona la frase que mejor completa la siguiente oración.

Este artículo probablemente quiere _____

a. informar al lector sobre los cambios de la imagen de la familia en Centroamérica.
b. persuadir al lector sobre los beneficios de la imagen moderna de la familia.
c. dar un ejemplo de una familia y de los cambios por los que ha pasado en los últimos años.

Paso 2: Lee el artículo.

La imagen cambiante de la familia centroamericana

Guatemala, Honduras y Nicaragua han pasado en las últimas tres décadas por una serie de cambios que han afectado profundamente la imagen que se tiene de la familia. Por siglos la familia se consideró como la base de la sociedad y estaba formada en la mayoría de los casos por un padre que trabajaba para sostener a su esposa, hijos y demás parientes necesitados de su protección. El reino del padre era la plaza pública y el de la madre el hogar.

El crecimiento de la población, el desplazamiento de campesinos e indígenas del campo hacia las ciudades, los diferentes conflictos armados, la migración hacia el extranjero, el acceso a medios modernos de comunicación como la radio, la televisión, el cine, el teléfono y el Internet han influido sobre los valores culturales centroamericanos y han alterado la imagen que se tiene de la familia en esta parte del mundo.

El crecimiento de la población joven, combinado con las dificultades económicas y la inestabilidad política han promovido la reevaluación de la imagen de la familia. La falta de empleo, los bajos salarios, la alta inflación y la falta de servicios sociales han obligado a muchas mujeres y a menores de edad a trabajar fuera de su hogar para hacer posible la supervivencia de la familia. Para algunos el antiguo "ideal" de la familia fue siempre un modelo impuesto por un sector pequeño de la población al resto, y que poco tuvo que ver con la realidad de la vida diaria de la mayoría de los centroamericanos.

Las guerras civiles en Guatemala y Nicaragua aceleraron el proceso de desintegración familiar, al eliminar centenares de padres de familia que se vieron obligados a abandonar a sus hijos y esposas. La crisis económica es un factor más que crea cambios en la estructura familiar, al impulsar la migración de miles de hombres hacia el extranjero en busca de mejores oportunidades de vida. Esta migración ha debilitado los lazos familiares y ha creado núcleos familiares con características diferentes a los tradicionales. El trabajo femenino en las maquiladoras ha ayudado a cuestionar el papel tradicional de la mujer.

Finalmente, en los centros urbanos como Guatemala, Tegucigalpa y Managua millones de centroamericanos son diariamente bombardeados por los medios modernos de comunicación con imágenes de núcleos familiares diferentes donde el individualismo, el materialismo y el consumismo se presentan como valores superiores a los de la solidaridad familiar.

La familia sigue siendo en Guatemala, Honduras y Nicaragua un valor cultural importante pero su caracterización ha empezado a cambiar y seguirá evolucionando y tratando de adaptarse a las realidades de la vida diaria de la población.

Paso 3: Ahora selecciona la respuesta correcta a las siguientes preguntas.

1. Según el imaginario común de los centroamericanos, ¿cuáles son las características de la familia tradicional?
   a. La familia tradicional tiene un padre que trabaja para sostener a su esposa, hijos y otros parientes.
   b. La familia tradicional incluye a los abuelos, los padrinos y demás familiares.
   c. La familia tradicional se caracteriza por la dependencia que unos tienen de otros.

2. Según el autor, ¿cuál es el reino de la madre y el del padre?
   a. El reino de la madre es la iglesia y el del padre su trabajo.
   b. El reino de la madre es el hogar y el del padre es la plaza pública.
   c. El reino de la madre es la familia y el del padre la política.

3. ¿Por qué se ven obligadas muchas mujeres a trabajar fuera de sus hogares?
   a. Muchas mujeres se ven obligadas a trabajar fuera de sus hogares a causa de las presiones sociales.
   b. Muchas mujeres se ven obligadas a trabajar fuera de sus hogares a causa de las presiones culturales.
   c. Muchas mujeres se ven obligadas a trabajar fuera de sus hogares a causa de las presiones económicas.

4. ¿Cómo afectaron las guerras civiles la imagen de la familia?
   a. Las guerras civiles apoyaron el desarrollo de la familia extendida.
   b. Las guerras civiles aceleraron el proceso de desintegración familiar al eliminar centenares de padres de familia.
   c. Las guerras civiles impulsaron el divorcio y la separación legal de las parejas.

5. ¿Cómo afectan los medios modernos de comunicación los valores tradicionales de los centroamericanos?
   a. Los medios modernos de comunicación influyen sobre los valores tradicionales porque presentan nuevas imágenes de la familia.
   b. Los medios modernos de comunicación influyen sobre los valores tradicionales porque la mayoría de la gente no sabe leer ni escribir y solo ve televisión.
   c. Los medios modernos de comunicación influyen sobre los valores tradicionales porque ayudan a la capacitación moral de la población.

¡A escribir!

Las idiosincrasias de mi familia

Cada familia tiene sus costumbres y características particulares. Piensa en una anécdota que capture algunos aspectos de tu familia que tú consideres únicos.

Paso 1: Antes de completar esta actividad regresa al libro de texto y lee otra vez la estrategia de escritura: La importancia del lector público y la selección de detalles apropiados. Luego anota los detalles que recuerdes de algún evento familiar que pueda resaltar la idiosincrasia de tu familia.

_____

_____

_____

_____

> **Functions:** Describing people; Describing places; Describing the past; Sequencing of events
> **Vocabulary:** Family members; Religions; Religious holidays; Upbringing
> **Grammar:** Verb: preterite; Preterite vs. Imperfect

Paso 2: Basándote en la información del Paso 1, escribe el primer borrador de tu anécdota.

Paso 3: Ahora revisa tu borrador, y haz los cambios necesarios. Asegúrate de verificar el uso del vocabulario apropiado, las formas y usos de **haber** + el participio pasado y las diferencias entre el pretérito y el imperfecto.

CD1-21

¡A pronunciar!

Las consonantes "p", "t", "d" y "k"

La pronunciación de las consonantes **"p"**, **"t"**, **"d"** y **"k"** te delatan *(give you away)* como hablante no nativo si no las pronuncias bien. En inglés se escapa un poco de aire cuando pronuncias, por ejemplo, la palabra *"time"*. Un hispano hablante diría *"time"*. Igualmente, no se dice "tiempo", sino "tiempo".

- Repite las palabras en inglés y luego en español para contrastar el sonido.

Papa	Papá
tea	tía
crave	criar
dark	dar

- Repite las siguientes palabras en español imitando la voz que oyes.

  —Sonido de la **"k"**:

  Cristobal Colón
  convivir
  comunicación
  cuaresma

  —Sonido de la **"p"**:

  pésame
  preparativos
  primogénito
  pareja

  —Sonido de la **"d"**:

  describir
  duradero
  dar
  divorciarse

  —Sonido de la **"t"**:

  tatarabuela
  tío
  Tegucigalpa
  tratado

- Repite las siguientes oraciones teniendo en cuenta los sonidos de la **"p"**, **"t"**, **"d"** y **"k"**.

  Cristobal Colón nunca comprendió bien las culturas indígenas.
  La comunicación franca es crítica para una buena convivencia.
  Pedrito es el primogénito de Pepa y Pedro.
  Paco le dio el pésame a Pablo.
  Dale una descripción del difunto a Daniel.
  Se divorciaron. Ya no se querían.
  Mi tatarabuela trata bien a mi tío.

- ¡Repite estos trabalenguas!

  Tres tristes tigres tragan trigo en tres tristes trastos.

  Yo no compro coco.
  Y porque como poco coco,
  poco coco compro.

Capítulo 2   **27**

Nombre _____ Fecha _____

Autoprueba

CD1-22

I. Comprensión auditiva

Una Navidad que no voy a olvidar Escucha la narración de esta sorpresa de Navidad y decide si las oraciones son ciertas (**C**) o falsas (**F**).

1. Mi papá trabajaba en los días festivos. **C / F**

2. Mi papá trabajaba limpiando habitaciones en hoteles. **C / F**

3. Una sorpresa fue que mi papá estuvo en mi casa el día de Navidad. **C / F**

4. Otra sorpresa fue que recibí una motocicleta. **C / F**

II. Vocabulario en contexto

¿Qué es bueno y qué es malo? Escribe lo opuesto de las palabras en la columna derecha.

_____ 1. abrir regalos
_____ 2. muerte
_____ 3. estar muy alegre
_____ 4. ateo
_____ 5. abstenerse de beber alcohol
_____ 6. regañar
_____ 7. lejano
_____ 8. malentendido
_____ 9. rechazar
_____ 10. hacer las paces

a. emborracharse
b. estar de luto
c. pelear
d. felicitar
e. envolver
f. aceptar
g. nacimiento
h. religioso
i. comprendido
j. cercano

III. Estructuras

A. Pretérito e imperfecto Para entender este chiste, llena los espacios en blanco con las formas apropiadas del pretérito y el imperfecto.

Una vez, una pareja de sesenta años 1. _____ (celebrar) su aniversario número 30. Durante la celebración, 2. _____ (recibir) la visita de un genio *(genie)* en una botella. El genio 3. _____ (decir) que 4. _____ (ir) a concederles (darles) un deseo a cada uno como regalo de aniversario.

La mujer 5. _____ (pedir) "¡un viaje alrededor del mundo con mi esposo!" El genio 6. _____ (decir) "abracadabra" y 7. _____ (aparecer) dos boletos de avión.

28 RUMBOS Workbook/Lab Manual

El esposo 8. _____ (pensar) por unos minutos y 9. _____ (decir). "¡Lo siento, mi amor, pero mi deseo es viajar con una mujer 30 años menor que yo!" El genio le 10. _____ (conceder) el deseo: ¡El hombre 11. _____ (pasar) a tener 90 años!

B. *Haber* **+ participio pasado** Cristóbal Colón llegó a México y Honduras en 1502. Antes de esa fecha ya los mayas habían hecho muchísimo. Cambia las oraciones en pretérito a oraciones con el participio pasado. ¿Qué habían hecho?

1. Los mayas <u>inventaron</u> un calendario.
   _____

2. Los mayas <u>construyeron</u> pirámides.
   _____

3. Los mayas <u>estudiaron</u> astronomía.
   _____

4. Los mayas <u>desarrollaron</u> un sistema complejo de escritura.
   _____

5. Los mayas <u>escribieron</u> su historia.
   _____

IV. Cultura

¿Qué sabes sobre Centroamérica? Lee las siguientes oraciones y decide si son ciertas (**C**) o falsas (**F**).

1. Una quinceañera es una celebración de un aniversario de boda. **C / F**
2. El Día de Reyes Magos es una celebración en enero similar a la Navidad. **C / F**
3. Es normal para un hombre de 28 años vivir con sus padres. **C / F**
4. Los descendientes de los mayas viven en México, Honduras y Guatemala. **C / F**
5. "Una familia" en Centroamérica significa solo padre, madre e hijos. **C / F**

Capítulo 3
Explorando el mundo

Vocabulario en contexto
Estudiar en el extranjero

3-1 ¿Qué palabra no forma parte de esta serie? Mientras esperas en la oficina de asuntos internacionales de la universidad, empiezas a leer una revista y encuentras el siguiente juego. Tienes que identificar cuál de las siguientes palabras no corresponde a la lista.

Ejemplo	trámite	diligencia	papeleo	(comunicar)
1. integrarse	formar parte	sumarse	retirarse
2. cursar	estudiar	abandonar	aprender
3. recámara	salón	dormitorio	camarera
4. vigente	válido	actual	viejo
5. gastos	ahorros	desembolsos	débito

3-2 Información para futuros estudiantes Un compañero mexicano te manda la siguiente carta contándote sobre los servicios que ofrece la Universidad Latinoamericana. Completa el siguiente correo electrónico con las palabras de la siguiente lista.

posgrado   los trámites   inscribirte   licenciaturas   hospedaje

Querido Jasón:

Aquí te mando las respuestas a las preguntas que me enviaste.

La Universidad Autónoma Latinoamericana ofrece 1. _____ en música, teatro, lenguas y administración de empresas. Además, este semestre van a ofrecer por primera vez cursos de 2. _____ para aquellos estudiantes que hayan terminado su licenciatura. Si quieres 3. _____ en el programa para extranjeros, envíale una carta al decano de asuntos internacionales. Él se encarga de 4. _____ de inmigración para todos los estudiantes extranjeros. Todo lo que tiene que ver con 5. _____, o sea, dónde vas a vivir, lo tienes que hacer por tu cuenta.

Espero que esta información te ayude en algo.

Un abrazo,
Pepe

CD1-23

3-3 ¿¡Adónde?! Escucha la conversación entre un estudiante y su padre y contesta las preguntas que siguen.

1. ¿Adónde quiere ir el estudiante y por cuánto tiempo?

2. ¿Por qué dice que va a madurar?

3. Si vive con una familia, ¿son más o menos los gastos?

4. ¿Cómo piensa financiar su viaje?

5. ¿Quién está ayudando al estudiante a hacer los trámites?

6. El padre, ¿le dio permiso o no?

CD1-24

3-4 Una confusión Escucha la siguiente conversación telefónica y selecciona la mejor respuesta.

1. ¿Cómo contesta el teléfono?
   a. aló
   b. hello
   c. bueno

2. ¿Quién llama a la casa?
   a. Roberta
   b. Rigoberta
   c. Margarita

3. ¿Quién contesta el teléfono?
   a. Rigoberta Santiago
   b. un viejito
   c. Roberta

4. ¿Por qué no viene al teléfono?
   a. no se encuentra
   b. no quiere
   c. no vive allí

5. ¿Qué quiere hacer la persona que llama?
   a. Quiere hablar con el viejito.
   b. Quiere dejar un recado.
   c. Quiere mandar un saludo de su parte.

32 RUMBOS Workbook/Lab Manual

Nombre _____ Fecha _____

Estructuras
Las preposiciones *por* y *para;* Verbos reflexivos y recíprocos

3-5 No estaré aquí el fin de semana Tu madre tiene que ausentarse durante el fin de semana y te deja a cargo de la casa. Aquí tienes una nota que ella te dejó. Escoge la forma apropiada del verbo.

Carlos, estaré fuera todo el fin de semana y te pido que por favor te hagas cargo de la casa. 1. _____ (Acuerda / Acuérdate) de sacar el perro a eso de las seis. No te olvides de 2. _____ (lavar / lavarte) los platos después de comer. No 3. _____ (acuestes / te acuestes) muy tarde. 4. _____ (Pon / Ponte) el despertador antes de acostarse. Recuerda que el sábado tienes que 5. _____ (levantar / levantarte) temprano y 6. _____ (despertarte / despertar) a tu hermano. No quiero que lleguen tarde a tu partido de fútbol.

3-6 Visita de un grupo de teatro universitario Lee el siguiente artículo periodístico anunciando la llegada de una compañía de teatro. Llena el espacio con **por** o **para**.

El grupo de teatro universitario mexicano Xola está de paso 1. _____ Madrid y presentará 2. _____ deleite de todos, tres de sus mejores obras. 3. _____ muchos críticos esta compañía representa lo mejor del arte dramático azteca. La compañía está dirigida 4. _____ el licenciado Pedro Villa Alfaguara, a quien se le conoce en nuestro país 5. _____ más de veinte años. 6. _____ cierto, esto no es 7. _____ casualidad ya que él trabajó 8. _____ más de diez años en nuestra ciudad.

3-7 La vida de un perezoso Aquí tienes las aspiraciones y hábitos de un amigo un poco perezoso. Escoge entre **por** o **para** para completar las siguientes oraciones.

Según mis padres yo no hago nada que valga la pena, 1. _____ ellos soy un perezoso. Yo definitivamente trabajo 2. _____ vivir y no vivo 3. _____ trabajar. Me encanta estudiar 4. _____ la mañana. 5. _____ la tarde me gusta descansar. Tengo un buen amigo que de vez en cuando trabaja 6. _____ mí, aunque a mi jefe no le gusta que él me reemplace. 7. _____ él, debo ser yo el que trabaje.

Capítulo 3   **33**

Nombre _____ Fecha _____

CD1-25

3-8 Describe el dibujo Escucha la narración y decide cuál dibujo describe y escribe qué pasa en el espacio debajo del dibujo.

Ejemplo Escuchas: Estos muchachos son más que amigos. Cuando se miran, se ve que están enamorados.

Se miran.

CD1-26

3-9 Mi familia mexicana Escucha las experiencias de esta persona y selecciona la oración de abajo que mejor representa lo que está diciendo.

1. _____
   a. Voy a hospedarme con una familia.
   b. Voy a despedirme de la familia.

2. _____
   a. Se parecen.
   b. Se quejan.

3. _____
   a. Voy por la mañana.
   b. Me voy a caminar.

4. _____
   a. Se despierta tarde.
   b. Se duerme en el escritorio.

5. _____
   a. Yo pruebo la comida.
   b. Yo me niego a comer antes de tiempo.

Vocabulario en contexto
Viajar en el extranjero

3-10 ¿Cómo lo puedo explicar? Tú estás estudiando español en la ciudad de Cuernavaca, en México. En tu clase hay un(a) compañero(a) alemán(-ana) que no entiende exactamente el significado de algunas palabras. Empareja cada palabra con su sinónimo o descripción.

A
1. autobús _____
2. ida y vuelta _____
3. coches _____
4. billete _____
5. conductor _____
6. precio _____
7. rebaja _____
8. escombros _____

B
a. tarifa
b. vagones
c. camión
d. viaje redondo
e. pasaje
f. chofer
g. descuento
h. ruinas

Capítulo 3   35

Nombre _____ Fecha _____

3-11 Definiciones La agencia de turismo del estado de Oaxaca me envió gran cantidad de información sobre los atractivos turísticos del estado, pero hay muchas palabras que no entiendo. Ayúdame a entenderlas completando las definiciones siguientes con la palabra correcta.

regatear   recorrido   folleto   itinerario   lista de espera

1. Una lista que contiene lo que va a pasar a cada hora es un _____.

2. Un documento que incluye los nombres de los lugares que se van a visitar es un _____.

3. Negociar el precio de algo que se vende es _____.

4. Unas páginas impresas con información sobre algún tema es un _____.

5. Una lista que enumera las personas que esperan para ver si hay cupo en un vuelo es una _____.

CD1-27

3-12 Transportación Escucha las siguientes descripciones y decide qué tipo de transportación están usando. Pon la letra de la descripción al lado del medio de transporte correcto.

1. camiones o autobuses   _____
2. carro   _____
3. crucero   _____
4. taxi   _____
5. metro   _____
6. avión   _____

CD1-28

3-13 ¡Anuncios! Escucha los anuncios que se oyen en un aeropuerto y llena los espacios con la información requerida.

Número de vuelo	Destino	Anuncio
1.		
2.		
3.		
4.		

36   RUMBOS Workbook/Lab Manual

Nombre _____ Fecha _____

Espejos
El metro

CD1-29

3-14 El metro Escucha la siguiente narración sobre el sistema de metro en México. Decide si las oraciones son ciertas (**C**) o falsas (**F**).

1. El metro en México es el más barato del mundo. **C / F**
2. El metro transporta el mayor número de personas en el mundo. **C / F**
3. Durante la construcción del metro se encontraron los restos de un mamut. **C / F**
4. El metro tiene 11 estaciones. **C / F**
5. El metro en México fue el primero en utilizar un sistema de símbolos y colores. **C / F**
6. En los EE.UU. hay metro. **C / F**

Estructuras
Palabras negativas e indefinidas; Formas comparativas y superlativas

3-15 Es imposible complacer a mi familia A continuación tienes un monólogo de un adolescente enojado. Llena los espacios con las palabras negativas que corresponden a las palabras en negrita.

Siempre saco buenas calificaciones pero según mi padre, yo 1. _____ estudio lo suficiente. ¿**Alguien** sabe lo frustrante que es eso? No, no creo que 2. _____ lo sepa. ¿Hay **algo** más difícil que soportar a un padre intransigente? Lo dudo, no hay 3. _____ más difícil que estar peleando constantemente con él. ¿Hay **algún** modo de convencerlo de la verdad? Parece que no, para él no hay 4. _____ otro modo de ver las cosas. ¿Hay **algún** ser humano que me pueda entender? Lo dudo, ¡no hay 5. _____ capaz de comprenderme!

3-16 ¡No sé lo que pasa aquí hoy! Tú compartes un apartamento con tres estudiantes de la universidad. Hoy cuando llegaste a casa te diste cuenta de que algo andaba mal. Completa el texto con la palabra apropiada.

Cuando llegué a casa no había un alma en el lugar. Sin embargo, había un olor a comida. 1. _____ (Alguien / Algo) había empezado a preparar unos huevos fritos y no los había terminado de preparar. También noté que 2. _____ (algo / nada) estaba en su lugar. Todo era un desorden. 3. _____ (Nunca / Alguna vez) había visto nuestro apartamento en semejante estado. La sala 4. _____ (también / tampoco) estaba hecha un desastre. 5. _____ (Más que nada / Más que nunca) me molestaba el mal olor del lugar. 6. _____ (De alguna manera / De ninguna manera) tendremos que buscar un arreglo a este problema. Tendré que hablar con mis compañeros.

Capítulo 3

3-17 Me sorprendió su reacción Ursula acaba de regresar de México. Ella pasó el semestre pasado en el Instituto Mesoamericano de Cultura en Cuernavaca y ahora compara a Cuernavaca con otras ciudades del país. Parece tener una opinión muy negativa de la ciudad. Completa las oraciones con las formas superlativas. Sigue el modelo.

> **Ejemplo** Cuernavaca tiene una *catedral* muy *fea*.
> **La catedral de Cuernavaca es la más fea del país.**

1. El costo de vida en Cuernavaca es alto.
   _____

2. Cuernavaca tiene restaurantes malos.
   _____

3. La vida nocturna de Cuernavaca es aburrida.
   _____

4. Cuernavaca tiene un transporte público lento.
   _____

5. Cuernavaca tiene el aire contaminado.
   _____

CD1-30

3-18 ¿Quién tiene más? Escucha las siguientes oraciones comparando a René y a Eduardo. Decide si las oraciones son ciertas (**Sí**) o falsas (**No**).

	Sí	No
1.	___	___
2.	___	___
3.	___	___
4.	___	___
5.	___	___
6.	___	___
7.	___	___

Nombre _____ Fecha _____

CD1-31

3-19 Un amigo negativo Vas a escuchar unas preguntas que le hace Pedro a su amigo. Este contesta siempre en una forma negativa. Usa el siguiente vocabulario:

ya no   tampoco   de ningunamanera   todavía   nadie

Ejemplo   PEDRO: ¿Alguna vez has estudiado nahuatl?
AMIGO: **Nunca he estudiado nahuatl.**

1. _____
2. _____
3. _____
4. _____
5. _____

Nombre _____ Fecha _____

Rumbo abierto
¡A leer!

Una carta personal

A continuación tienes una carta que Ramón, un estudiante de la Universidad de California, le envía a Gloria, una amiga que vive en México. Ellos se conocieron en California donde Gloria pasó un año como estudiante extranjera de la universidad.

Estrategia: Identificando palabras por el contexto

Trata de entender el significado de palabras nuevas usando el contexto de la lectura.

Paso 1: Lee las siguientes oraciones y trata de adivinar el significado de la palabra usando el contexto.

1. Acabo de recibir una beca de la Cámara Latina de Comercio. No es mucho dinero, pero podré cubrir mis gastos básicos. ¿Qué significa la palabra **beca**?
   a. un diploma
   b. una cantidad de dinero
   c. un título

2. El director de la cámara me exige un presupuesto detallado de todos mis gastos y como no he estado antes en México no sé por donde empezar. ¿Qué significa la palabra **presupuesto**?
   a. una cantidad de dinero que creemos que vamos a necesitar para lograr una meta
   b. una biografía corta de mi vida
   c. un informe sobre mis metas académicas

3. Te extrañamos muchísimo y espero que no nos hayas olvidado. ¿Qué significa **extrañamos**?
   a. hablamos de ti de vez en cuando
   b. te echamos de menos
   c. deseamos hablar contigo

Paso 2: Ahora, lee la carta.

14 de febrero de 2005

Querida Gloria:

Me dio mucho gusto recibir tu carta del pasado 1 de febrero. Como te comentaba en mi última carta, acabo de recibir una beca de la Cámara Latina de Comercio de la ciudad de Salinas. No es mucho dinero pero podré cubrir mis gastos básicos. Soy una persona sencilla y no creo que vaya a necesitar más de lo que me han dado. Te escribo para pedirte un gran favor.

El director de la cámara me exige un presupuesto detallado de todos mis gastos y como no he estado antes en México no sé por donde empezar. ¿Me podrías dar una idea de cuánto cuesta alquilar un apartamento pequeño cerca de la universidad? No quiero nada lujoso. Lo que sí necesito es tener mi baño propio y un lugar donde pueda cocinar. También necesito saber cuánto voy a gastar en transporte público, libros, comida y ropa. De antemano te agradezco cualquier información que me puedas enviar.

Por aquí todo sigue igual. Continúo con mis cuatro clases y mi trabajo de camarero en el restaurante El Torito. Los fines de semana me dedico a jugar fútbol y a visitar a mis padres.

María del Mar te manda muchos saludos y te dice que pronto piensa visitar México y que le gustaría verte. No sé si te acuerdas de Jens, el estudiante de intercambio de la Universidad de Hamburgo, pues imagínate que acaba de casarse. Así de repente, sin consultar con nadie. Fue tremenda sorpresa para todos. No parecía ser el tipo de persona impulsiva que resultó ser.

En fin, tengo que salir corriendo. Te extrañamos muchísimo y espero que no nos hayas olvidado. Recuerda que tienes amigos aquí en California.

Un fuerte abrazo de parte de la pandilla,

Ramón

Paso 3: ¿Cierto o falso? Lee las siguientes oraciones e indica si son ciertas (**C**) o falsas (**F**). Si la oración es falsa, corrígela.

1. Ramón se está preparando para ir de paseo a México. **C / F**

2. Él recibió ayuda económica de la universidad. **C / F**

3. El presupuesto que tiene que presentar Ramón debe calcular sus futuros gastos. **C / F**

4. Ramón trabaja como mensajero en un restaurante. **C / F**

5. Gloria estudió en la Universidad de Hamburgo. **C / F**

¡A escribir!

La carta personal

Imagínate que eres Gloria. Acabas de recibir la carta de Ramón, un estudiante de la Universidad de California. Tú lo conociste en California cuando pasaste un año como estudiante extranjero(a) en esa institución. Ahora tienes que escribirle una carta de respuesta. ¡Sé creativo(a)!

Paso 1: Antes de completar esta actividad regresa al libro de texto y lee otra vez la estrategia de escritura: La carta personal. Recuerda que la carta personal es en realidad un diálogo con una persona ausente y que tiene una fecha, comienza con un saludo, expresa un propósito y termina con una despedida.

> **Functions:** Writing a letter; Comparing and distinguishing; Talking about daily routines
> **Vocabulary:** Food; House; Means of transportation
> **Grammar:** Accents; Negation; Prepositions: **por** and **para**; Verbs: reflexive

Paso 2: Asume el papel de Gloria y escribe el borrador de una carta de respuesta a Ramón.

Paso 3: Ahora revisa tu borrador y haz los cambios necesarios. Asegúrate de verificar el uso del vocabulario apropiado del **Capítulo 3**, la ortografía, las conjugaciones de los verbos, las preposiciones **por** y **para**, las palabras negativas e indefinidas y los verbos reflexivos y recíprocos.

¡A pronunciar!

Enlace

- Para desarrollar fluidez de expresión en español es importante tratar de unir las palabras en una oración. Dos palabras con la misma vocal en común pueden sonar como una palabra:

  ¿Podría hablar con ella?
  Mi pasaporte está vigente.
  Este es mi historial académico.
  Aquí tengo una copia oficial.

  ¿Podría *ha*blar con ella?

  Mi pasaport*e e*stá vigente.

  Est*e es* m*i hi*storial académico.

  Aquí teng*o u*na copi*a o*ficial.

- Una consonante y una vocal se unen con el mismo efecto:

  ¿Le puedo dej*ar u*n recado?

  Aqu*í e*stán las ruin*as y las* pirámides.

- La mejor práctica para enlazar palabras sin mucho esfuerzo, son las canciones. Lo siguiente es una canción folclórica llamada "Las mañanitas", que es lo que cantan en el día del santo. Trata de cantarla, pero si no sabes leer música, recítala, repitiendo las oraciones ahora. Presta atención al enlace de las palabras.

  Esta*s s*on las mañanitas que cantab*a e*l rey David,

  Que por ser d*ía de* tu sant*o te* las cantamo*s a* ti.

  Despierta, mi bien, despierta.

  Mira, que y*a a*maneció.

  Ya los pajaritos cantan,

  la lun*a ya* se metió.

Autoprueba

CD1-33

I. Comprensión auditiva

Dos lugares bonitos Escucha la descripción de estas dos áreas de la Ciudad de México y decide si las oraciones se refieren a Xochimilco o a Coyoacán.

	Xochimilco	Coyoacán
1. Es la parte más antigua de la Ciudad de México.	_____	_____
2. Para llegar debes llegar por metro a la estación Taxqueña.	_____	_____
3. La ciudad tiene un sistema de canales.	_____	_____
4. Debes tomar el autobus #140.	_____	_____
5. Allí está la Plaza Hidalgo.	_____	_____
6. Para llegar debes ir a la estación Viveros.	_____	_____

II. Vocabulario en contexto

Ayúdale a un(a) amigo(a) a entender las siguientes palabras. Selecciona la mejor definición.

1. hospedarse
    a. quedarse en un lugar
    b. viajar a un lugar
    c. comer en un lugar

2. jactarse
    a. comer demasiado
    b. pensar que se puede hacer algo muy bien
    c. sentirse aburrido

3. acoplarse
    a. cambiar de vivienda
    b. extrañar a alguien
    c. adaptarse

4. recado
    a. mensaje
    b. un tipo de pescado
    c. una beca

5. mudarse
    a. moverse
    b. irse a vivir a otro lugar
    c. quedarse en el mismo lugar

6. vagón
   a. parte de un carro
   b. parte de un autobús
   c. parte de un tren

7. tarifa
   a. andén
   b. boleto
   c. destino

8. regatear
   a. comprar mucho
   b. discutir el precio original
   c. comprar cosas locales

9. impuestos
   a. dinero que tienes que pagarle al gobierno
   b. algo muy grande
   c. donde venden artefactos

10. plaza
    a. comida, nombre, almacen
    b. libro, tienda, hotel
    c. lugar, sitio, espacio

III. Estructuras

A. Cuando llega Carlos a estudiar a México, ¿qué hace? Escoge la mejor respuesta.

1. Mi familia mexicana _____ a mi familia. ¡Son tan amables!
   a. se parece
   b. parece

2. La madre _____ que es muy tímida.
   a. se parece
   b. parece

3. Yo compré un sombrero mexicano y _____ enseguida.
   a. me lo puse
   b. lo puse

4. _____ el sombrero en la tienda y me quedó bien.
   a. Me probé
   b. Probé

44 RUMBOS Workbook/Lab Manual

5. Después fui a una cafetería y compré horchata. _____ y estaba deliciosa.
   a. La probé
   b. Me la probé

6. Por la noche _____ de mis amigos y regresé a casa.
   a. despedí
   b. me despedí

7. En mi cuarto _____ escuchando música.
   a. dormí
   b. me dormí

B. Llena los espacios en blanco con **por** o **para,** para saber sobre el Desierto de los leones en México.

1. _____ llegar al Desierto de los leones, se puede ir 2. _____ una carretera muy bonita que pasa 3. _____ la Villa Obregón. Ve 4. _____ autobús a la estación La venta. Se puede llegar 5. _____ el camino del bosque o 6. _____ el camino principal. 7. _____ allí hay muchos restaurantes. 8. _____ mí, el Desierto de los leones es lindísimo.

C. Estudia la siguiente información sobre los Estados Unidos, México y España y contesta las preguntas para comparar los tres países.

	EE.UU.	México	España
Población	300 millones	100 millones	49 millones
Lengua	inglés	español, nahuatl, dialectos mayas	español, catalán gallego, euskara, valenciano
Area	3.717.796 mc	761.600 mc	195.000 mc
Alfabetización	97%	90%	97%
Esperanza de vida	77 años (mujeres)	69 años (mujeres)	82 años (mujeres)

1. Compara la población de México y España.

2. Compara las lenguas de España, los EE.UU. y México.

3. Compara el área de México y España.

4. Compara el área de México, España y los EE.UU.

5. Compara la esperanza de vida de las mujeres en los tres países.

6. Compara el nivel de alfabetización de los EE.UU. y España.

Capítulo 3

D. Tu amigo es antipático y siempre dice "no" a todo. Contesta por él estas preguntas usando las palabras negativas apropiadas.

1. ¿Quieres algo?

2. ¿Quieres conocer a alguien?

3. ¿Prefieres algún lugar para ir de vacaciones?

4. ¿Siempre eres tan negativo?

IV. Cultura

¿Qué aprendimos de México en este capítulo? Lee lo siguiente y decide si las oraciones son ciertas (**C**) o falsas (**F**).

1. La educación universitaria en México es carísima. **C / F**
2. Los estudiantes que quieren estudiar a nivel universitario solicitan ingreso a muchas universidades por todo México. **C / F**
3. Guadalajara tiene una escuela de medicina muy buena. **C / F**
4. Tenochtitlán es una ciudad precolombina. **C / F**

Capítulo 4

El Ocio

Vocabulario en contexto
El Ocio

4-1 Hay que salir de la rutina Te sientes un poco aburrido(a) a causa de tu rutina diaria y estás buscando una actividad nueva que al mismo tiempo sea interesante. Un amigo te mandó una serie de anuncios publicitarios de revistas deportivas pero los recortes no tienen el nombre del deporte. Empareja cada una de las actividades de abajo con la descripción correspondiente.

paracaidismo   surfing con cometa   exploración de cuevas   escalar rocas   tablavela

1. En este curso usted aprenderá los diferentes tipos de nudos *(knots)*, cómo ascender verticalmente y cómo manejar el equipo necesario para descender una pared natural de 250 metros de alta, entre muchas otras cosas.

2. Descubra el fascinante mundo subterráneo y aprenda a explorar las cavernas. La espeleología estudia todo lo relacionado con cavidades bajo tierra.

3. En este curso de tres días usted podrá aprender todas las técnicas necesarias para combinar su interés por el mar y por el vuelo. Este deporte, llamado en inglés "kite surfing", se está convirtiendo en uno de los deportes más espectaculares del momento.

4. Para pasarla de maravilla solo se necesita una tabla grande, una vela pequeña, un poco de viento, aguas tranquilas y el deseo de aprender. Nuestro club acuático ofrece cursos para jóvenes a precios muy bajos.

5. Si alguna vez ha querido saltar desde un avión y saber lo que se siente en una caída libre, le recomendamos nuestros cursos de verano. Puede inscribirse en el aeropuerto de Opalaka.

4-2 ¿Dónde está el impostor? Identifica la palabra que no corresponde en las siguientes series de palabras y explica por qué.

Ejemplo atletismo / surfing con cometa / tablavela / navegar a vela
Atletismo, porque no es una actividad acuática.

1. ajedrez / damas / cartas / atletismo

2. póker / veintiuna / backgammon / cartas

Nombre _____ Fecha _____

3. recital / exposición / exhibición / ajedrez
   _____

4. fútbol / boxeo / baloncesto / vóleibol
   _____

5. entretenerse / distraerse / aburrirse / divertirse
   _____

CD2-2

4-3 ¿Qué preferiría? Escucha la descripción de esta persona y decide qué tipo de entretenimiento preferiría.

1. _____
   a. volar una cometa
   b. jugar al boliche
   c. una exposición de arte

2. _____
   a. ir a jugar a las cartas y apostar
   b. jugar a las damas
   c. ir a una discoteca

3. _____
   a. jugar a veintiuna
   b. montarse en una montaña rusa
   c. explorar cuevas

4. _____
   a. jugar juegos de video
   b. escuchar un recital de ópera
   c. correr todos los días

5. _____
   a. ir a una discoteca
   b. hacer crucigramas
   c. participar en una carrera de relevo

CD2-3

4-4 Un club atlético Escucha la descripción de este club atlético y escribe las actividades que hay para cada tipo de persona.

Tipo muy activo: _____
_____

Activo con moderación: _____
_____

Muy pasivo: _____
_____

Estructuras
Subjuntivo en cláusulas sustantivas

4-5 Consejos para nuestros amigos que nos visitan En tu habitación encuentras una tarjeta con algunas recomendaciones para los turistas que se están hospedando en el hotel Habana Libre.

Le aconsejamos que se 1. _____ (levanta / levante) temprano y 2. _____ (empiece / empieza) el día con una buena caminata por el Malecón. Después de una merecida ducha y masaje, le recomendamos que 3. _____ (come / coma) en el restaurante La Veranda del Hotel Nacional. Para estar bien informado le sugerimos que 4. _____ (va / vaya) a la oficina de Infotur en la Habana Vieja. Le recomendamos que 5. _____ (obtenga / obtienes) mapas y todo tipo de información sobre La Habana. Allí le darán información fiable *(reliable)*. Le sugerimos que 6. _____ (contrate / contrata) a un guía turístico con licencia oficial.

4-6 ¡Hay que tener cuidado! Conocer el Caribe es fascinante, pero no debes olvidar que estás en una cultura diferente y que desconoces los hábitos y las costumbres de la gente del lugar. Antes de salir de tu hotel para visitar una nueva ciudad, asegúrate de seguir las siguientes reglas que encuentras en el folleto del hotel.

Le sugerimos que...

1. no / llevar / dinero en efectivo
   _____

2. no / sacar / fotos de personas sin antes pedirles permiso
   _____

3. no / impacientarse / con los vendedores ambulantes
   _____

4. no / cruzar / las calles sin antes mirar con cuidado el tráfico a su alrededor
   _____

5. no / salir / solo(a) de noche
   _____

Nombre _____ Fecha _____

CD2-4

4-7 ¿Qué está pasando? Escucha las posibilidades de lo que está pasando en el dibujo y da tu opinión.

1. Es posible que el espejo _____.
2. Es probable que él _____.
3. Quizás _____.
4. Dudo que _____.
5. No creo _____.
6. Tal vez _____.
7. ¿Será posible _____?

CD2-5

4-8 Un problema Escucha el problema que tiene la persona en el dibujo. Está escalando una roca, pero ahora no puede subir ni bajar. ¿Qué puede hacer?

1. Es mejor que (tú) _____.
2. Es increíble que (tú) _____.
3. Dudo que (tú) _____.
4. Es imposible que (tú) _____.
5. No creo que (tú) _____.

50 RUMBOS Workbook/Lab Manual

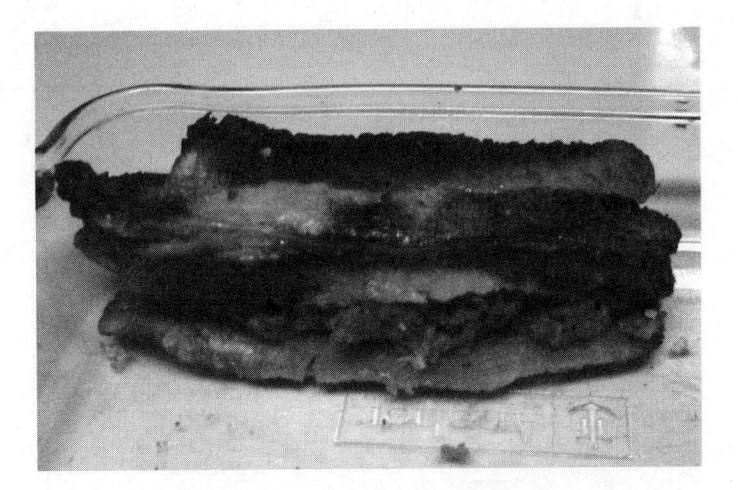

Vocabulario en contexto
La cocina

4-9 Fiesta caribeña Estás organizando una fiesta de carnaval y quieres crear un ambiente caribeño. Encontraste unas recetas en un libro de cocina española pero no estás seguro(a) del significado de algunas palabras y le pides a una compañera que te explique el significado. Empareja las palabras de la columna de la izquierda con las descripciones de la columna de la derecha.

_____ 1. dientes de ajo
_____ 2. un mortero
_____ 3. un sartén
_____ 4. canela
_____ 5. perejil

a. utensilio de piedra, madera o metal que se usa para machacar especias o semillas
b. utensilio de cocina con mango *(handle)* largo que se usa para guisar
c. un bulbo blanco, redondo, de olor fuerte que se usa como condimento
d. especia de color rojo oscuro, de olor muy aromático y sabor agradable
e. hojas verdes oscuras y que se usan como condimento

4-10 Clase de cocina para principiantes Vas a pasar unas vacaciones en el hotel Plaza Colonial en Santo Domingo. En tu cuarto de hotel encuentras un anuncio sobre una clase de cocina para principiantes que un instituto culinario está ofreciendo. Lee la descripción y llena los espacios con la palabra apropiada.

adobar   batir   la parrilla   trozos   hervir

Usted aprenderá cómo cortar carnes y legumbres en pequeños 1. _____ y las diferentes maneras de 2. _____ todo tipo de carnes, o sea, cómo usar las diferentes especias para darle un sabor auténtico caribeño. Además aprenderá cómo 3. _____ huevos para crear delicados merengues, cómo 4. _____ las legumbres para conservar sus vitaminas y finalmente cómo asar carne a 5. _____.

CD2-6

4-11 Piñón, la lasaña puertorriqueña En un programa de televisión explican cómo hacer este delicioso plato. Escucha y luego escoge la mejor respuesta.

1. Para hacer piñón se necesitan _____.
   a. plátanos verdes
   b. plátanos maduros

2. Los plátanos _____.
   a. se adoban
   b. se fríen

3. La carne _____.
   a. se adoba
   b. se enfría

Capítulo 4 **51**

4. A la carne se le añade _____.
   a. ajo y cebolla
   b. canela y aceite de oliva

5. Los huevos _____.
   a. se baten
   b. se fríen

6. Al final _____.
   a. se vierten los huevos batidos
   b. se cubre con queso

CD2-7

4-12 La receta de la semana Escucha esta receta que anuncian por la radio y haz una lista de lo que tienes que hacer con los ingredientes. Enfócate en los verbos que se usan.

Ingredientes	qué hacer
arroz	_____
agua	_____
sal	_____
leche	_____
azúcar	_____
arroz con leche	_____
canela	_____

Espejos
Sofrito

CD2-8

4-13 Sofrito Vas a escuchar la importancia del sofrito en la comida caribeña. Luego selecciona la mejor respuesta y contesta las preguntas.

1. El sofrito es _____.
   a. recetas de comidas fritas
   b. una comida cubana
   c. unos ingredientes fritos en aceite

2. "Sofrito" viene de la palabra _____.

   a. sopa
   b. cheetos
   c. freír

3. Los ingredientes son _____.

   a. ajo y cebolla
   b. agua y tocino
   c. salsa picante

4. ¿Qué ingredientes se utilizan mucho en los Estados Unidos? ¿Y en tu familia?

   _____
   _____

5. ¿Qué olores *(smells)* te hacen la boca agua?

   _____

Estructuras
La voz pasiva con *ser;* Expresiones impersonales

4-14 Se me olvidó algo Te encuentras muy nervioso(a) porque has invitado a unos amigos a cenar a tu casa y quieres asegurarte de que todo esté listo. A continuación tienes una serie de preguntas que le haces a tu compañero(a) de casa. Lee lo que dice y pon un círculo alrededor de la respuesta apropiada.

1. —¿Lavaste los platos? —Ya (son lavados / están lavados). *(stress on the state of being washed)*

2. —¿Preparaste las bebidas? —Las bebidas (fueron preparadas / están preparadas) por Juan. *(stress on the action and the person who does it)*

3. —¿Invitaste a los vecinos? —Los vecinos (fueron invitados / están invitados) por Marta. *(stress on the action and the person who does it)*

4. —¿Hiciste la ensalada? —Ya (es hecha / está hecha). *(stress on the state of being done)*

5. —¿Pusiste los vasos sobre la mesa? —Ya (fueron puestos / están puestos). *(stress on the state of being done with the action)*

4-15 Una olla común La semana pasada fuimos a la playa con un grupo de compañeros de la universidad. Para divertirnos un poco decidimos preparar un plato de mariscos estilo puertorriqueño. Cada uno de nosotros contribuyó con algo. Completa las siguientes oraciones con la forma apropiada de la voz pasiva.

1. Manuel lavó los mariscos.

   Los mariscos _____.

2. Teresita y Josué picaron la cebolla y el ajo.

   La cebolla y el ajo _____.

3. Martín preparó el arroz.

   El arroz _____.

Nombre _____ Fecha _____

4. Claudia condimentó el asopao.

   El asopao _____.

5. Finalmente, Marco Antonio le sirvió el platillo.

   Finalmente, el platillo _____.

CD2-9

4-16 ¿Quién hizo todo esto posible? Escucha lo que hicieron estas personas para hacer de la cena un éxito, y cámbialo a la forma pasiva.

   Ejemplo ESCUCHAS: Jorge decoró la mesa.
              TÚ DICES: **La mesa fue decorada por Jorge.**

1. _____.
2. _____.
3. _____.
4. _____.
5. _____.

CD2-10

4-17 ¿Qué hago? Escucha cómo se preparan las chuletas a la jardinera y haz una lista de lo que **se hace.** No te olvides de usar el "se pasivo/impersonal" según sea apropiado.

CHULETAS A LA JARDINERA

1. _____ las chuletas.
2. _____ por los dos lados.
3. _____ a fuego alto.
4. _____ el fuego.
5. _____ tomates, cebolla, sal y pimienta.

Nombre _____ Fecha _____

Rumbo abierto
¡A leer!

Guía de restaurante

Lee el siguiente artículo sobre el restaurante Mi tierra, en San Juan (Puerto Rico), y luego contesta las preguntas al final.

Estrategia: Reconociendo la función de un texto

Cuando el (la) lector(a) sabe el propósito del/de la autor(a) al escribir un texto, le queda más fácil entenderlo.

Paso 1: Lee rápidamente el siguiente artículo e identifica la función (evaluar, recomendar, informar, describir).

_____

Paso 2: Ahora lee el artículo con cuidado.

Nombre: Mi tierra
Dirección: 307 Recinto Norte, Viejo San Juan
Teléfono: 787-612-6203
Cierra: domingos
Precio: $30–$80

Enrique Malpaso, el chef y propietario del restaurante Mi tierra, ha creado para el conocedor de la buena comida un lugar sin rival en nuestra ciudad. Su éxito consiste en crear platos inspirados en la riqueza culinaria de nuestro país y en no tener miedo a experimentar con nuevos ingredientes y técnicas de cocina. Su atención personal a los mínimos detalles y sus muchos años de experiencia en el arte gastronómico, hacen de este restaurante uno de los mejores en la isla.

Para cenar en Mi tierra le recomendamos que haga reservaciones de antemano. El buen nombre del restaurante ha atraído a una numerosa clientela leal que parece comer allí cada noche. Si no tiene reservaciones y no le molesta esperar, el restaurante ofrece un excelente servicio de bar. El lugar es conocido por sus piña coladas, mojitos cubanos, margaritas y martinis.

El ambiente es rústico y atractivo. La entrada, el bar y los salones de comedor están separados por paredes de madera. Además de un comedor principal, el local ofrece cabinas y espacios privados para cenas íntimas.

Para aquellas personas que no conozcan la comida local, le recomendamos que empiecen con el Arroz Pegao con atún picado picante y cebolla. Este entremés consiste de una porción de arroz crujiente que se cubre con trozos de atún, cebolla y mayonesa y es muy sabroso. Como plato principal puede probar la especialidad de la casa, filete de pescado con ron y salsa de tomate. Este plato se prepara con una reducción de ron, Chardonnay, canela y tomate. Todos los platos vienen con ensalada, legumbres y sopa. Para los amantes de lo dulce hay una gran variedad de postres. Mi favorito es el tembleque, el cual está hecho de leche de coco y maicena.

Los meseros son muy amables y están muy bien informados, así que no dude en pedir explicaciones o recomendaciones. Este restaurante merece la buena fama que tiene y está al alcance de cualquier presupuesto.

Nombre _____ Fecha _____

Paso 3: Lee las siguientes oraciones e indica si son ciertas (**C**) o falsas (**F**). Si la oración es falsa, corrígela.

1. El restaurante Mi tierra está abierto de lunes a domingo. **C / F**

2. El éxito del restaurante consiste en el número de platos que preparan. **C / F**

3. El restaurante ha tenido éxito por la experiencia del dueño, sus habilidades como cocinero y su atención a los detalles. **C / F**

4. Se necesita hacer reservaciones porque el restaurante tiene un bar muy pequeño y muy popular. **C / F**

5. Normalmente empezamos la cena con el tembleque y pasamos a comer el Arroz Pegao para terminar con el pescado con ron. **C / F**

¡A escribir!

La reseña de un restaurante local

La asociación de estudiantes de tu universidad quiere incluir en su página web una reseña de los mejores restaurantes de tu comunidad como parte de su promoción del Día de los enamorados. Escoge tu restaurante favorito y escribe una reseña.

Paso 1: Antes de completar esta actividad regresa al libro de texto y lee otra vez la estrategia de escritura: La reseña. Luego, haz una lista de los restaurantes que conoces bien y selecciona el que vas a usar para tu composición. No te olvides de anotar algunos detalles sobre este restaurante.

> **ATAJO**
> **Functions:** Describing; Talking about food; Writing an introduction; Writing a conclusion
> **Vocabulary:** Food
> **Grammar:** Adjective: agreement, position; Verbs: passive, passive with **se**, subjunctive

Paso 2: Basándote en la información del Paso 1, escribe en un papel el primer borrador de tu reseña.

Paso 3: Ahora, revisa tu borrador y haz los cambios necesarios. Asegúrate de verificar el uso del vocabulario apropiado del **Capítulo 4,** la voz pasiva, el subjuntivo y la concordancia. Cuando termines, entrégale a tu profesor(a) la versión final de tu composición.

Nombre _____ Fecha _____

CD2-11

¡A pronunciar!

Las consonantes "r" y "s"

- El sonido de las consonantes **"r"** y **"rr"** son sonidos que no existen en inglés. En muchos países donde se habla español se pronuncian así: "rápido", "carro". En Puerto Rico, un país que estudiamos en este capítulo, la **"r"** se pronuncia un poco más suave, como "rápido" y "carro".

    Repite lo siguiente imitando las voces que oyes.

Puerto Rico	*Otros países*
recital	recital
jugar	jugar
remar	remar
dardos	dardos

- La **"s"** en muchos países como Puerto Rico, la República Dominicana y Cuba se aspira cuando está en el medio de la palabra o al final. Por ejemplo:

El Caribe	*Otros países*
España	España
usted	usted
las cartas	las cartas
los aficionados	los aficionados

- Repite las siguientes oraciones imitando la voz que oyes:

    Ricardo debe remojar los rábanos.
    ¿Qué prefieres, remar o jugar a los dardos?
    Los plátanos están verdes.
    Debes sazonar con sal y pimienta.

- Trata de repetir el siguiente trabalenguas.
    "R" con "r" cigarro
    "R" con "r" carril
    Rápido corren los carros por la carretera del ferrocarril.

Capítulo 4 **57**

Nombre _____ Fecha _____

Autoprueba

CD2-12

I. Comprensión auditiva

Escucha la conversación y decide si las oraciones son ciertas (**C**) o falsas (**F**).

1. Miguel compró un viaje a Puerto Rico. **C / F**
2. Miguel va a visitar a Quique. **C / F**
3. Quique le recomienda que vaya a surfear. **C / F**
4. Quique puede cocinar enchiladas muy bien. **C / F**
5. Quique le recomienda a Miguel que coma tostones. **C / F**

II. Vocabulario en contexto

¿Qué le recomiendas a cada tipo de persona?

1. Le gusta todo en los parques de atracciones. Entonces le gusta _____
    a. la montaña rusa.
    b. volar una cometa.

2. Le gusta hacer cosas que requieren mucha energía. Entonces le gusta _____
    a. remar.
    b. jugar a los dardos.

3. Le gustan los juegos de mesa. Entonces le gusta _____
    a. jugar a las damas.
    b. jugar al boliche.

4. Es muy inteligente y prefiere quedarse en casa. Entonces le gusta _____
    a. jugar al ajedrez.
    b. practicar tablavela.

5. Prefiere la comida vegetariana. Entonces le gustan _____
    a. los chicharrones.
    b. los plátanos.

6. No puede comer cerdo. Entonces no le gusta(n) _____
    a. el tocino.
    b. los huevos.

7. No tiene una sartén. Entonces no puede freír _____
    a. canela.
    b. huevos.

8. El refrigerador no funciona. Entonces no puede _____
    a. hervir su comida.
    b. enfriar su comida.

58 RUMBOS Workbook/Lab Manual

Nombre _____ Fecha _____

III. Estructuras

A. ¿Qué le gusta a mi abuela? Llena los espacios en blanco con la forma apropiada del subjuntivo o indicativo, o el infinitivo, para saber qué le gusta a tu abuela.

Hay alimentos que son excelentes para la salud. Mi abuela siempre insiste en que (yo) 1. _____ (comer) ajo porque es un antibiótico. Quiere que 2. _____ (ponerle) ajo a todo tipo de comida para sazonarla. A mí me gusta, pero mi padre se opone a que 3. _____ (decirle) cómo cocinar. Mi abuela también insiste que mis padres 4. _____ (freír) la comida en aceite de oliva porque es más saludable. Estoy seguro(a) de que ella 5. _____ (tener) razón, pero yo me opongo a 6. _____ (comer) cosas fritas.

A mi abuela le encanta la comida del Caribe, especialmente recomienda que 7. _____ (hornear) los plátanos maduros y 8. _____ (ponerle) almíbar encima. Espero que a ti 9. _____ (gustarte) la comida caribeña.

B. ¿Qué has hecho? Estás siguiendo una receta con un amigo. Dile lo que ya has hecho usando la voz pasiva.

1. Tenemos que añadirle la sal.
   _____

2. Tenemos que batir los huevos.
   _____

3. Tenemos que cortar los plátanos.
   _____

4. Tenemos que hervir el agua.
   _____

5. Tenemos que poner la mesa.
   _____

6. Tenemos que sazonar la carne.
   _____

C. ¿Qué se hace? Contesta las preguntas de esta persona que no sabe qué hacer con los ingredientes. Usa las expresiones impersonales.

1. ¿Qué se hace con los huevos? (batir)
   _____

2. ¿Qué se hace con la sal? (agregarle)
   _____ a los huevos.

Capítulo 4   **59**

3. ¿Qué se hace con los huevos después? (freír)

   _____ en la sartén.

4. ¿Qué se hace con todo el plato? (arreglar)

   _____ todo bien.

5. ¿Qué se hace al final? (comer)

   _____ frío.

IV. Cultura

¿Qué sabes del Caribe? Selecciona la mejor respuesta.

1. Uno de los deportes más populares en Puerto Rico, República Dominicana y Cuba es _____.
   a. el fútbol
   b. el béisbol
   c. el paracaidismo

2. Es costumbre para los hispanohablantes _____.
   a. llegar tarde al trabajo
   b. llegar tarde a eventos sociales
   c. llegar tarde a la escuela

3. Una comida típica de Puerto Rico, República Dominicana y Cuba es _____.
   a. los plátanos
   b. las papas
   c. las enchiladas

4. Una bebida muy popular es _____.
   a. la horchata
   b. el coquito
   c. el tequila

5. El nombre de una escritora puertorriqueña es _____.
   a. Isabel Allende
   b. Paz Vega
   c. Ana Lydia Vega

Capítulo 5
La imagen: Percepción y realidad

Vocabulario en contexto
La apariencia física y el carácter

5-1 Una comedia familiar Un grupo de estudiantes de drama está tratando de escribir una comedia basada en la idiosincrasia de una familia española extravagante. A continuación tienes las ideas de uno de los estudiantes. Completa las siguientes oraciones con la palabra apropiada de la lista.

pequeño de estatura   calvo   audaz   aspecto físico   autoestima

La historia está basada en una familia española contemporánea con todo tipo de problemas. El hijo mayor es una persona insegura y tímida, en pocas palabras le falta 1. _____. La hija es bastante gorda, casi nunca se lava el pelo, tiene en general un mal 2. _____. El hijo menor que solo tiene 13 años proyecta una imagen de persona segura de sí misma; es 3. _____ además de ser muy inteligente. El padre tiene unos cincuenta años y mide cinco pies, es 4. _____ y totalmente 5. _____ —no tiene ni un pelo en la cabeza.

5-2 ¿Cuál será la palabra apropiada? Como parte de la solicitud para una beca, te piden que escribas una descripción personal en español. Un amigo te sugirió que incluyeras ciertas palabras, pero no estás seguro de su significado. Empareja la palabra de la lista con su definición y haz los cambios necesarios.

apasionado   atrevido   educado   sensato   terco

1. Una persona prudente y de buen juicio es una persona _____.
2. Una persona que tiene gran interés por un tema se le puede describir como _____.
3. Una persona que es capaz de asumir riesgos *(risks)* se le puede describir como _____.
4. Una persona obstinada y poco flexible es una persona _____.
5. Una persona que sabe cómo comportarse y que tiene buenos modales es una persona bien _____.

Nombre _____ Fecha _____

CD2-13

5-3 Mis compañeros de piso Escucha la conversación que tiene Leslie con su madre en los Estados Unidos sobre sus compañeros de piso. Escribe el nombre al lado del adjetivo que mejor describe cada persona.

mimado _____

divertida _____

buen genio _____

buena autoestima _____

sobrepeso _____

quisquilloso _____

calvo _____

pelo lacio _____

apasionada _____

cariñosa _____

CD2-14

5-4 Figuras famosas Escucha la descripción de estos españoles famosos y escribe el adjetivo requerido bajo su nombre.

Francisco Franco no era	**El príncipe Felipe** no es	**Paz Vega** no es

Estructuras
Pronombres de objeto directo

5-5 La visita a un consultorio de un amigo Un amigo de la familia es cirujano plástico y tú fuiste a verlo. Escoge la respuesta apropiada para cada pregunta.

1. ¿Me llamaste para pedir una cita?
    a. No, no te llamé.
    b. No, no me llamé.
    c. Sí, nos llamamos.

62 RUMBOS Workbook/Lab Manual

2. ¿Trajiste tu tarjeta de seguro médico?
   a. Sí, la traje.
   b. No, no lo traje.
   c. Sí, aquí las tengo.

3. ¿Tienes los documentos que te pedí?
   a. Sí, aquí la tengo.
   b. No, no lo tengo.
   c. Naturalmente, aquí los tengo.

4. ¿Contestaste todas las preguntas en el formulario?
   a. Claro, las contesté todas.
   b. Sí, los contesté.
   c. No, no la contesté.

5. ¿Compraste las medicinas que te receté?
   a. Sí, la compré.
   b. No, no las pude comprar.
   c. No, no la compré.

5-6 Un episodio de depresión Un compañero de clase está pasando por un período difícil en su vida y se siente un poco deprimido. Lee sus comentarios y completa las oraciones con el pronombre de objeto directo apropiado.

Yo visito con frecuencia a mis amigos, pero ellos casi nunca 1. _____ visitan a mí. Marco, por ejemplo, solo me visita cuando necesita que le preste dinero. En cambio yo 2. _____ visito con frecuencia. Karina y Sonia, mis amigas de la infancia, no 3. _____ puedo comprender. Ya tienen otros intereses y amistades. 4. _____ quiero mucho a las dos, pero no les perdono su falta de lealtad. A veces pienso que nadie 5. _____ comprende.

CD2-15

5-7 Chismes Escucha los siguientes comentarios y selecciona la mejor oración.

1. _____
   a. Parece que ellos lo miman mucho.
   b. Parece que ellos los miman.

2. _____
   a. ¿Cómo se lo alisa?
   b. ¿Cómo se la alisa?

3. _____
   a. Seguro que la operaron.
   b. Seguro que lo operaron.

4. _____
   a. Parece que él la dejó.
   b. Parece que ella lo dejó.
5. _____
   a. Se ve que las quiere mucho.
   b. Se ve que los quiere mucho.

CD2-16

5-8 ¿Qué piensas tú? Escucha las siguientes opiniones sobre diferentes tipos de físico y di qué piensas tú. Puedes usar el siguiente vocabulario: **odiar, detestar, tolerar, querer, amar, adorar.**

    Ejemplo   ESCUCHAS: Creo que las narices grandes son bonitas. ¿Qué piensas tú
                                 de las narices grandes?
            TÚ DICES: **Las adoro.** o
                             Las detesto.

1. _____
2. _____
3. _____
4. _____
5. _____

Vocabulario en contexto
La moda y la expresión personal

5-9 En el probador de un almacén de ropa Trabajas en el probador de un almacén de ropa. Al final del día se han acumulado muchas prendas de vestir y tienes que separarlas. Algunas pertenecen al departamento de ropa para hombres y otras al departamento de ropa para mujeres. Decide si los siguientes artículos se asocian normalmente con ropa de hombre (**H**) o de mujer (**M**).

1. _____ el sujetador
2. _____ las bragas
3. _____ los calzoncillos
4. _____ la lencería
5. _____ el camisón

5-10 No sé qué ponerme Tienes varias invitaciones y tienes que decidir cómo vestirte. Lee las siguientes situaciones y completa las oraciones con la expresión apropiada.

        puños abotonados   **capucha**   **vaqueros**   **unas chanclas**   **zapatos de tacón alto**

1. Me invitaron a una fiesta formal en un hotel de primera clase. Me voy a poner un vestido largo con _____. Sé que son elegantes pero también son incómodos para caminar.

64   **RUMBOS** Workbook/Lab Manual

2. Me invitaron a ver un partido de tenis al aire libre. Hoy hace un poco de frío. Creo que me voy a poner la cazadora con _____.

3. Me invitaron a una fiesta de cumpleaños y quiero llevar algo informal. Ya sé, me voy a poner estos pantalones _____.

4. Me invitaron a un restaurante elegante y hay que llevar _____ y corbata.

5. Me invitaron a una barbacoa en la casa de un amigo. Con el calor que está haciendo pienso ponerme una camiseta, un par de pantalones cortos y _____.

CD2-17

5-11 La moda Escucha la descripción y decide cuál dibujo está describiendo.

Capítulo 5 **65**

CD2-18

5-12 Ropa para cada ocasión Escucha cuál es el evento y decide que ropa deben llevar. También escribe tu opinión. ¿Se ve bien? ¿Está pasado de moda? ¿No te gustan? ¿Te chiflan? ¿Son de mal gusto?

1. Ropa: _____

   ¿Cuál es tu opinión?

2. Ropa: _____

   ¿Cuál es tu opinión?

3. Ropa: _____

   ¿Cuál es tu opinión?

Espejos
España y la moda

CD2-19

5-13 España y la moda Escucha la narración sobre la moda en España y contesta las preguntas.

1. ¿Qué tiendas españolas son las más conocidas en el mundo?

2. ¿Has oído de algunos de los diseñadores mencionados? ¿Cuáles?

3. ¿Qué diseñadores estadounidenses son los más populares en los EE.UU. y en el mundo?

4. ¿Qué tiendas de los Estados Unidos son muy conocidas?

Estructuras

Pronombres de objeto indirecto; Verbos como *gustar*; Pronombres de objeto dobles

5-14 No sé qué regalarle a mi familia Ya pronto será la Navidad y estás pensando en lo que les vas a regalar a tus familiares. Lee las siguientes oraciones y escoge la forma correcta entre paréntesis.

1. Sé que mis abuelos (me / le) van a dar dinero. Ojalá que sea suficiente para poder (comprarles / comprarle) regalos a mis parientes y amigos.

2. A papá y mamá (les / le) voy a comprar un par de chanclas a cada uno.

3. A mi novio (le / les) daré una americana elegante.

4. A mi hermano menor pienso (regalarte / regalarle) una camisa.

5. No sé qué (mandar / mandarle) a mi tía Lilia.

5-15 Hoy estuve muy ocupada Maruja pasó el día muy ocupada, haciendo preparaciones para las fiestas. Completa las oraciones siguientes con pronombres de objeto doble.

Ejemplo —Compré una sudadera para Jacinto.
—¿Cuándo ***se la*** vas a dar?

—Compré una camisa de franela muy bonita. —¿A quién 1. _____ vas a regalar?

—También conseguí unos pantalones azules para Ángela. —¿Cuándo 2. _____ vas a dar?

—Le mandé un ramo de flores a la abuela. —¿Cuándo 3. _____ mandaste?

—Escribí unas tarjetas de Navidad. —¿A quién 4. _____ vas a mandar?

—Compré unas joyas de fantasía muy elegantes. —¿A quién 5. _____ vas a obsequiar *(give as a present)*?

CD2-20

5-16 Dame consejos Escucha los problemas de tu amiga y recomiéndale algo.

1. (Sugerir) _____ que (no) se haga un tatuaje.

2. (Recomendar) _____ que espere un poco.

3. (Decir) _____ "no por favor, que no es un uniforme".

4. (Sugerir) _____ cierres los ojos y agarres algo.

5. (Decir) _____: ¿Me devuelves *(return)* mi ropa?

CD2-21

5-17 ¿Te gusta? Escucha la descripción de estas modas y decide a quién le gusta, seleccionando del siguiente vocabulario.

fascinar   encantar   gustar   agradar   interesar   desagradar   molestar

1. a. A mí _____.
   b. A mis padres _____.
   c. A mi compañero de cuarto _____.
2. a. A mí _____.
   b. A mis amigos _____.
   c. A mis amigas _____.
3. a. A mí _____.
   b. A mis amigas _____.
   c. A mis amigos _____.
4. a. A mí _____.
   b. A mis padres _____.
   c. A mi abuela _____.
5. a. A mí _____.
   b. A los hombres _____.
   c. A las mujeres _____.
   d. A mi madre _____.

Rumbo abierto
¡A leer!

Manuel Pertegaz, sinónimo de estilo

Lee la descripción de la vida y obra de un reconocido modisto español y luego contesta las preguntas al final.

Estrategia: Usando la estructura de los párrafos para diferenciar entre ideas principales e ideas subordinadas

El (La) autor(a) de un escrito generalmente lo organiza de tal manera, que cada uno de los párrafos expresa una idea o concepto importante para el desarrollo de la tesis o función del texto.

Paso 1: Lee rápidamente el artículo y trata de identificar la idea o concepto que se expresa en cada párrafo.

_____

_____

_____

Paso 2: Ahora lee el artículo con cuidado y verifica si los conceptos o ideas que identificaste en el Paso 1 son ciertos.

Manuel Pertegaz es sin lugar a dudas uno de los gigantes de la alta costura española. Doña Letizia de Ortiz, la esposa del príncipe de Asturias, lo eligió para diseñar su traje de novia. Este gesto por parte de la futura reina de España hace de Pertegaz uno de los modistos más importantes del país. A este honor se añaden los innumerables premios y reconocimientos por su trabajo, entre los que se cuentan el Oscar de la Costura de la Universidad de Harvard, las Medallas de Oro de Berlín, Ciudad de México y Barcelona, entre otras.

El reconocido modisto nació en Teruel, España, en 1918. A los diez años se traslada con su familia a Barcelona. Allí ve un buen día un aviso solicitando un aprendiz de sastre. Más tarde él dirá que este aviso cambió su vida. Abandonó la escuela y empezó a trabajar. Poco tiempo después, cuenta el modisto, buscaban a alguien en el taller que se hiciera cargo de diseñar un abrigo de mujer y el intrépido sastre se hizo cargo de la tela negra que se convertiría en sus manos en una elegante prenda de vestir. Esto marca el inicio de su éxito como diseñador.

Pertegaz ha sido desde joven una persona de buen gusto con un talento natural para la moda. Los que lo conocen lo caracterizan como un hombre accesible, amable y ante todo con un gran sentido de la estética. Se le reconoce su originalidad, tenacidad y su espíritu rebelde. Es un autodidacta que habla con naturalidad sobre su habilidad de hacerse a sí mismo.

Su carrera profesional se inicia en 1948 cuando a los veinticinco años de edad abre su propia casa de modas. Para los años cincuenta empiezan a llegar los premios y honores y sus creaciones principian a ser apreciadas en los Estados Unidos y Europa. La década de los años setenta representa la cúspide de su prestigio e influencia. En las dos últimas décadas ha logrado mantener su alto nivel de creatividad y ha solidificado su prominente puesto en el mundo de la moda mundial.

Paso 3: Lee las siguientes oraciones e indica si son ciertas (**C**) o falsas (**F**). Si la oración es falsa, corrígela.

1. La función de este artículo es la de informar sobre la vida de una persona. **C / F**

2. El hecho que Doña Letizia de Ortiz le pidiera a Manuel Pertegaz que diseñara su traje de boda, indica que él es una persona importante en el campo de la costura en España. **C / F**

3. El modisto español demostró su humildad al hacerse cargo de diseñar un abrigo de mujer cuando era todavía muy joven. **C / F**

4. Pertegaz es un autodidacta porque estudió su arte en diferentes instituciones de Europa. **C / F**

5. Este artículo nos presenta algo de la vida y la carrera de Pertegaz utilizando datos, fechas, comentarios y anécdotas sobre el modisto español. **C / F**

¡A escribir!

Mi biografía

Tú quieres pasar el próximo verano en España y te enteraste de que el Club Rotario de tu comunidad está dando becas para estudiantes interesados en trabajar en España por dos meses. Uno de los requisitos es presentar por escrito una biografía de cuatro párrafos.

Paso 1: Antes de completar esta actividad regresa al libro de texto y lee otra vez la estrategia de escritura: la descripción biográfica. Luego haz una lista de los sucesos más importantes en tu vida.

> **Functions:** Describing people; Expressing an opinion
> **Vocabulary:** Body, personality, emotion
> **Grammar:** Adjective: agreement and position; Personal Pronoun: direct and indirect; Verbs: present; use of **gustar**

Paso 2: Basándote en la información del Paso 1, escribe en un papel el primer borrador de tu biografía.

Paso 3: Ahora, revisa tu borrador y haz los cambios necesarios. Asegúrate de verificar el uso apropiado de la información presentada en el **Capítulo 5.** La concordancia, los pronombres personales, los pronombres de objeto directo e indirecto y el uso del verbo **gustar.** Cuando termines, entrégale a tu profesor(a) la versión final de tu composición.

CD2-22

¡A pronunciar!

La "z", "c", "j" y "g"

Estas consonantes se pronuncian de una forma diferente en España y en Hispanoamérica.

- La "c" y la "z" en América se pronuncian igual que la "s", por ejemplo, cielo, centro, zapato, Zaragoza. En España se pronuncia con la lengua detrás de los dientes, por ejemplo, cielo, centro, zapato, Zaragoza. Repite las siguientes palabras imitando la voz que oyes:

España	*Américas y el Caribe*
audaz	audaz
nariz	nariz
calzoncillos	calzoncillos
rizado	rizado

- Las letras "j" y "g" también son diferentes en España. Son más guturales. Repite la pronunciación de España y la de las Américas.

España	*Américas y el Caribe*
juguetona	juguetona
mujer	mujer
jersey	jersey
genial	genial

- Repite las oraciones para practicar ambos sonidos tratando de imitar la voz que oyes, primero la pronunciación española y luego la estándar.

  La cazadora llega a la cintura.
  ¡Oye, que se te ven los calzoncillos!
  Los de Zaragoza somos muy audaces, ¿sabes?
  Ese niño no es un sinvergüenza; es más bien juguetón.
  Se parece a su padre. Tiene las mismas cejas y nariz.
  Esa mujer es un genio. Pudo adelgazar para lucir su traje nuevo.

Autoprueba

CD2-23

I. Comprensión auditiva

Escucha qué está pasando en algunas tiendas de España y decide si las oraciones son ciertas (**C**) o falsas (**F**).

1. El sobrepeso es una de las causas de una baja autoestima en las mujeres y jovencitas. **C / F**
2. Las tiendas en Europa en general no acostumbraban ofrecer tallas grandes. **C / F**
3. Las tallas en la tienda Zara eran del 0 al 10 solamente. **C / F**
4. Zara W ahora ofrece tallas del 14 al 16. **C / F**
5. Las tallas más grandes no han tenido éxito *(success)*. **C / F**

II. Vocabulario en contexto

Dos amigos hablan sobre estrellas de cine. El segundo siempre dice lo opuesto del primero.

Ejemplo AMIGO 1: Ese actor es un sinvergüenza, ¿no?
AMIGO 2: **No, creo que es valiente.**

1. Tiene un mal genio.
   No es verdad, tiene _____.
2. Tiene el pelo lacio en esa película.
   Sí, pero en la vida real lo tiene _____.
3. En esa película tuvo que engordar, ¿no?
   Sí, pero después tuvo que _____.
4. Su nariz era chata, ¿no?
   El año pasado era _____.
5. En esa película es muy audaz y apasionado.
   En la vida real es _____.
6. Siempre lleva ropa muy a la moda.
   Sí, pero en la vida real es _____.
7. Parece egoísta.
   Pero en realidad es _____.
8. Me gusta su pelo largo.
   Es una peluca *(wig)*, en realidad él es _____.
9. En las películas lleva pantalones holgados.
   Sí, pero prefiere _____.
10. Lleva tatuajes por todo el cuerpo.
    Sí, pero no son permanentes, son tatuajes _____.

72 RUMBOS Workbook/Lab Manual

III. Estructuras

A. ¿Qué vamos a empacar? Estás empacando para un viaje a España, ¿qué quieres o no quieres?

　　Ejemplo　TE PREGUNTAN: ¿Empacaste chanclas?
　　　　　　　TÚ DICES: **Sí, las empaqué.** o
　　　　　　　　　　　　No quiero empacarlas.

1. ¿Empacaste unos vaqueros?

2. ¿Empacaste una cazadora?

3. ¿Empacaste el gorro negro?

4. ¿Empacaste unos zapatos planos?

5. ¿Empacaste una sudadera?

B. ¿Qué tipo de persona te gusta? Decide cuál es tu tipo de persona. No olvides usar las palabras **gustar, agradar, molestar, desagradar, fascinar, encantar.**

1. Una persona estrictamente moral y determinada.

    a. A mí _____.

    b. A mis padres _____.

2. Una persona guapa, vanidosa y atrevida.

    a. A mis amigos _____.

    b. A mi madre _____.

3. Una persona con una pequeña cicatriz en la cara como Harrison Ford. Tiene algunas arrugas. Es tímida y sensata.

    a. A mis amigas _____.

    b. A nosotros en mi casa _____.

4. Una persona que es un sinvergüenza, que no se acopla a la sociedad. Es un rebelde con tatuajes en el cuerpo.

    a. A mí _____.

    b. A mis padres _____.

5. Una persona bastante terca e impulsiva, fuerte y vanidosa.

    a. A mí _____.

    b. A mi profesor de español _____.

C. Los Reyes Magos Los Reyes Magos les dan regalos a varias personas. ¿A quién?

Regalos de Gaspar: dinero a Francisco y Felicita; un carro a Pepa y Pedro; un tren de juguete a Paquito

Regalos de Melchor: boletos para viajar a las Islas Canarias para Tomás y Norma; unos zapatos para mí; una televisión para nosotros

Regalos de Baltazar: el amor de su vida a Jorge; un regalo misterioso para ti

1. ¿A quiénes les da dinero?

2. ¿A quiénes les da la televisión?

3. ¿A quién le da un regalo misterioso?

4. ¿A quiénes les da el carro?

5. ¿A quiénes les da los boletos?

6. ¿A quién le da los zapatos?

IV. Cultura

¿Qué sabemos de España? Escoge la mejor respuesta.

1. Algunas veces los hombres les dicen cosas bonitas a las mujeres en la calle. Esto se llama _____.
    a. un calvo
    b. un estereotipo
    c. un piropo
2. Esta costumbre _____.
    a. no se considera mala en España
    b. se considera mala en España
    c. sólo lo hacen las mujeres
3. ¿Qué tienda es muy popular en España? _____
    a. El Corte Inglés
    b. El Corte Español
    c. La Nueva Moda
4. Hacer topless _____.
    a. es aceptado en muchas playas en España
    b. es aceptado en la calle
    c. no se acepta
5. Si no te gusta un artículo de vestir en España se usa la palabra _____.
    a. mono
    b. hortera
    c. chifla

Capítulo 6

Explorando tu futuro

Vocabulario en contexto
La búsqueda de trabajo

6-1 Un examen de economía Después de leer un capítulo de economía, no estás seguro sobre el significado de los siguientes términos. Empareja la palabra de la lista con su definición.

consultor   bono   sindicato   empresario   cotizar

1. título de deuda emitido por una empresa _____.

2. ponerle el precio a algo _____.

3. persona experta en una materia sobre la que asesora (*advises*) profesionalmente _____.

4. propietario o administrador de una empresa _____.

5. asociación de trabajadores creada para la defensa y promoción de los intereses de los miembros _____.

6-2 Oferta de trabajo Aquí tienes la oferta de empleo de una bolsa de trabajo. Llena los espacios con la palabra apropiada según el contexto.

experiencia previa   trabajar bajo presión   dominio de Photoshop
carta de presentación   diseñador gráfico

Fecha de oferta: 30/03/06

Nombre de la empresa: Publicidad y Diseño Digital

Descripción de la oferta:

Se busca 1. _____ para cubrir una vacante en nuestra compañía de diseño y publicidad. Es esencial que tenga

2. _____. El puesto requiere una persona con

3. _____ (mínimo de tres años) y que pueda

4. _____. Favor de enviar el currículo y

5. _____ antes del 30 de marzo del año en curso.

Capítulo 6   **75**

Nombre _____ Fecha _____

CD3-2

6-3 En busca de trabajo Escucha la conversación entre Loyda y Carmen y decide si las oraciones son ciertas (**C**) o falsas (**F**).

1. Loyda recibe llamadas de empresas ofreciéndole empleo todas las semanas. **C / F**
2. Loyda tiene buena presencia. **C / F**
3. Loyda funciona bien bajo presión. **C / F**
4. Loyda puede hacer todo lo que requiere el puesto. **C / F**
5. Loyda está dispuesta a viajar. **C / F**
6. Loyda puede manejar asuntos administrativos. **C / F**

CD3-3

6-4 ¿Qué hace? Escucha las descripciones de lo que hacen estas personas en su trabajo para adivinar qué es lo que hacen. Selecciona la profesión del vocabulario siguiente.

agente de bienes raíces   gerente de sucursal   corredor de bolsa   jefe de finanzas
científico   ejecutivo de ventas   reclutador

1. _____
2. _____
3. _____
4. _____
5. _____
6. _____

Estructuras
El futuro y el condicional

6-5 El futuro económico del continente Aquí tienes algunas de las predicciones económicas hechas por un economista. Escribe la forma correcta del verbo en futuro.

Para la siguiente década...

1. el trabajador medio _____ (ganar) sueldos más altos.
2. se _____ (superar) la pobreza en buena parte del continente americano.
3. los países de Centroamérica _____ (tener) un mercado único.
4. _____ (haber) menos puestos en el sector industrial.
5. la agricultura _____ (estar) a la vanguardia de las exportaciones.
6. los países con economías pequeñas _____ (seguir) teniendo problemas con el desempleo.
7. el sector de servicios _____ (ser) el más dinámico de toda la economía.
8. los jóvenes _____ (poder) ver los primeros cambios positivos en su nivel de vida.

Nombre _____ Fecha _____

6-6 Un concurso extremo de televisión Si te pagaran $10.000, ¿qué harías con este dinero? Escribe oraciones usando la forma correcta del condicional.

Si me pagaran $10.000...

    Ejemplo   caminar / vidrio roto
                    Si me pagaran $10.000, caminaría sobre vidrio roto.

1. beber / 10 litros de cerveza en 10 minutos

2. dormir / en una cueva llena de murciélagos *(bats)*

3. gritar / sin parar por 24 horas

4. le decir / a mi novio(a) que no quiero seguir saliendo con él/ella

5. salir / desnudo(a) por el campus

CD3-4

6-7 ¿Qué harán esta tarde? Escucha los planes de cada persona y escoge la mejor respuesta.

1. El profesor...
    a. regresará a su casa después de la clase.
    b. regresará a su oficina después de la clase.

2. El profesor...
    a. irá a hablar con sus estudiantes.
    b. tomará café en su oficina.

3. El profesor...
    a. seguirá trabajando en su casa hasta las 11:00.
    b. seguirá trabajando en su oficina hasta las 11:00.

4. El gerente...
    a. trabajará todo el día.
    b. tomará una siesta.

5. El gerente...
    a. resolverá unos problemas con sus empleados.
    b. hablará con sus empleados sobre el problema mañana.

6. El gerente...
    a. ordenará más inventario.
    b. dormirá en la tienda esta noche.

Capítulo 6 **77**

Nombre _____ Fecha _____

 CD3-5

6-8 ¿Qué harías? Escucha las siguientes situaciones y expresa lo que harías en cada situación.

1. _____ (decirle) ¡es usted terrible!

2. _____ (regresar) a mi casa y _____ (buscar) la receta.

3. _____ (montar) tu propio negocio.

4. _____ (darle) las gracias y _____ (aceptar) los regalos.

5. _____ (ir) a una tienda y _____ (comprar) una camisa nueva.

6. (No) _____ (gastar) el dinero inmediatamente. (No) _____ (devolver) el dinero.

Vocabulario en contexto
El voluntariado

6-9 No me acuerdo de la palabra exacta La circunlocución es la habilidad de explicar lo que queremos decir cuando no nos acordamos de la palabra exacta. Empareja la descripción con la palabra descrita.

rescate   estipendio   voluntariado   sin fines de lucro   desamparado

1. Es una institución que ofrece un servicio o un producto para beneficio de la sociedad y no busca ganar dinero. _____

2. Es una actividad que se hace por gusto y no por obligación o por afán de ganar dinero. _____

3. Es una persona que se encuentra sin ningún tipo de protección. _____

4. Es una suma de dinero que se le da a una persona para ayudarle a lograr metas académicas o profesionales. _____

5. Es una cantidad de dinero que se paga para encontrar a una persona o recobrar alguna cosa. _____

6-10 Dos puntos de vista diferentes Tú no estás de acuerdo con la opinión dada aquí. Termina la oración de manera lógica.

1. Los programas de acción comunal han creado riqueza en nuestro pueblo.

    —No, por el contrario, han incrementado _____.

2. El sistema de irrigación ha terminado con la sequía.

    —No, no estoy de acuerdo. Lo que ha hecho es crear _____ en nuestras tierras en épocas de lluvia.

78 RUMBOS Workbook/Lab Manual

3. Los niños de nuestras escuelas disfrutan de un excelente programa de nutrición.

    —Eso no es verdad. Ellos sufren ahora de _____.

4. La política del gobierno ha logrado la paz y la cooperación de todos los ciudadanos.

    —Eso no se lo cree nadie. Lo único que ha provocado es un _____ donde los opositores tienen que usar la violencia para defenderse del gobierno.

5. El agua en nuestras casas no se puede tomar. Ni siquiera se puede utilizar para regar las plantas.

    —Eso no es verdad. Nosotros tenemos _____ para todos nuestros ciudadanos.

CD3-6

6-11 ¿Qué se necesita? Escucha los siguientes problemas que hay en el mundo y decide qué se necesita o qué pasa.

1. _____
    a. hay desnutrición.
    b. hay bienestar.
    c. hay altruismo.

2. _____
    a. se necesita agua potable.
    b. se necesita una sequía.
    c. se necesita una inundación.

3. _____
    a. las enfermedades infecciosas ocurren si no hay buena higiene.
    b. debemos promover la paz.
    c. debemos tener un conflicto armado.

4. _____
    a. están mejorando.
    b. están desamparados.
    c. están en vías de desarrollo.

5. _____
    a. el gobierno reparte comida.
    b. el gobierno promueve la educación.
    c. el gobierno construye viviendas.

Nombre _____ Fecha _____

CD3-7

6-12 ¿Positivo o negativo? Vas a escuchar una conversación por teléfono entre madre e hijo. Escribe una lista de las cosas positivas y otra de las cosas negativas que oyes.

Cosas positivas	Cosas negativas
_____	_____
_____	_____
_____	_____
_____	_____
_____	_____

Espejos

CD3-8

6-13 El Dr. Óscar Arias Sánchez Escucha la siguiente narración sobre Óscar Arias y decide si las oraciones son ciertas (**C**) o falsas (**F**).

Vocabulario útil: ejército *(army)*, firmado *(signed)*, tierra *(land)*, éxitos *(successes)*

1. Costa Rica no tiene un ejército. **C / F**
2. El Dr. Óscar Arias Sánchez es el ex presidente de Costa Rica. **C / F**
3. Óscar Arias ganó el Premio Nobel de la Paz. **C / F**
4. El Dr. Arias dijo: "Mi tierra es tierra de gente pacífica y trabajadora." **C / F**
5. En Costa Rica la educación no es gratuita. **C / F**

Estructuras
Mandatos formales e informales

6-14 Los consejos de un veterano Acabas de terminar tu trabajo como voluntario en una agencia de asistencia a la comunidad. Tu jefe te pide que le des algunos consejos al nuevo voluntario recién llegado de los Estados Unidos, el cual descubres pronto es un compañero y amigo de tu universidad.

1. (Ten / Tienes) mucha paciencia con tus compañeros de trabajo.
2. Si no entiendes algo, (pregunto / pregunta).
3. (Llegarás / Llega) unos quince minutos antes de que empiece tu turno de trabajo.
4. No (sal / salgas) de la oficina sin avisar adónde vas a ir.
5. (Haz / Hagas) al pie de la letra lo que te pidan hacer.

6-15 ¿Cómo se llega a la Cruz Roja? Una persona desconocida te pregunta cómo llegar a la oficina de la Cruz Roja y tú le das las siguientes instrucciones.

1. _____ (seguir) por esta calle hasta llegar a la avenida Toledo. 2. _____ (doblar) a la izquierda. 3. _____ (caminar) hasta el parque Salinas.

4. _____ (cruzar) el parque hasta llegar a la calle Concepción. Allí está la oficina. Esa área es de mucha congestión peatonal. 5. _____ (ceder) el paso a las personas en la intersección.

CD3-9

6-16 ¿Qué hago? Escucha cada problema y da instrucciones usando mandatos formales.

1. _____
   a. Hierve el agua.
   b. Hierva el agua.
   c. No bebas el agua.

2. _____
   a. Límpiate las manos.
   b. Lávese las manos.
   c. Lávate las manos.

3. _____
   a. Échenos una mano.
   b. Ayúdanos.
   c. Viaja a muchas partes del mundo.

4. _____
   a. Obsérvelas.
   b. Obsérvalas.
   c. No dejes fuegos sin atender.

5. _____
   a. Construye viviendas.
   b. Aprende carpintería.
   c. Construya casas.

Nombre _____ Fecha _____

CD3-10

6-17 Costa Rica Escucha lo maravilloso de Costa Rica y recomiéndale a un(a) amigo(a) qué debe hacer allí usando mandatos informales.

Ejemplo   ESCUCHAS: El pico más alto de Costa Rica es Chiripó Grande. ¡Debes ir!
   ¡Debes sacar fotos!
   TÚ DICES: **Ve a Chiripó Grande. Saca fotos.**

1. a. _____ el café.
   b. _____ con tus amigos.
2. a. _____ por los parques.
   b. _____ los pájaros.
3. a. _____ a ver un partido.
   b. _____ los colores de Costa Rica.
4. a. _____ esa música.
   b. _____ en la calle.
5. a. _____ las tortugas *(turtles)*.
   b. _____ cuidado con los tiburones *(sharks)*.

82 RUMBOS Workbook/Lab Manual

Rumbo abierto

¡A leer!

Cómo enfrentarse con éxito a una entrevista de trabajo

Lee el siguiente artículo sobre una entrevista de trabajo y luego contesta las preguntas al final.

Estrategia: Clarificar el significado al entender la estructura de la oración

Si estamos concientes de la estructura de la oración (sujeto–verbo–complemento) podremos descifrar con más facilidad el significado de un texto.

Paso 1: Lee las siguientes oraciones e identifica el sujeto–verbo–complemento.

1. La entrevista requiere cierta preparación.
2. El candidato tiene que conocerse a sí mismo.
3. Usted debe cuidar el uso de su vocabulario.

Paso 2: Ahora lee el artículo con cuidado y usa la estrategia de la lectura para descifrar el significado de las oraciones difíciles.

La entrevista es generalmente el último obstáculo en la búsqueda de trabajo. Todo candidato debe demostrar que es la persona perfecta para el puesto que se le ofrece. Además, debe estar seguro de que esta compañía representa el lugar apropiado para lograr sus metas profesionales.

La entrevista requiere cierta preparación. El candidato tiene que conocerse a sí mismo e investigar a fondo la empresa y el puesto que ofrecen. Un primer paso es identificar con claridad y de manera concisa sus metas profesionales y estar preparado para explicar por qué considera que podrá contribuir al éxito de la compañía. No sólo tendrá que conocer sus puntos fuertes sino también poder describir sus puntos débiles y lo que hace para superarlos. Es muy importante que el candidato pueda apoyar sus afirmaciones con hechos o ejemplos.

Sea optimista y no tenga temor en enumerar sus logros académicos, su experiencia profesional y sus habilidades interpersonales. Hay que recordar que usted representa para la compañía una inversión y que quieren estar seguros de que usted podrá cumplir con las exigencias de su trabajo. Para el entrevistador ésta será la oportunidad de descubrir su personalidad y de crearse una primera impresión de usted como persona.

Si lo considera pertinente al puesto que solicita, incluya sus conocimientos de lenguas extranjeras, su familiaridad con diferentes tipos de software, su habilidad para trabajar con personas de diferentes grupos étnicos y su deseo de mantenerse al día en su campo.

Buena parte del éxito de una entrevista recae en su habilidad de comunicarse de manera efectiva. Usted debe poder hablar de sí mismo, de la empresa y de la correspondencia entre sus cualidades y las necesidades de la compañía de manera adecuada y persuasiva.

Usted debe cuidar el uso de su vocabulario, expresarse de manera clara y directa, asegurarse de contestar las preguntas que le hagan y sobretodo prestar atención al lenguaje no verbal. Muchas veces contradecimos con nuestros gestos y postura lo que estamos diciendo.

Si es posible le recomendamos que simule la entrevista con amigos o familiares y si es posible grábela y analícela. El hecho de haber sido invitado a una entrevista ya significa cierto interés por parte de la compañía, y lo único que falta es convencerlos de que usted es el candidato ideal.

Paso 3: Lee las siguientes oraciones e indica si son ciertas (**C**) o falsas (**F**). Si la oración es falsa, corrígela.

1. Todo candidato debe estar seguro de que es la persona adecuada para el puesto que busca. **C / F**

2. El primer paso para prepararse para una entrevista es identificar los puntos débiles. **C / F**

3. En general, las compañías consideran a cada trabajador potencial como una inversión. **C / F**

4. El candidato no debe mencionar sus conocimientos de idiomas a no ser que el entrevistador se lo pregunte. **C / F**

5. La clave de toda entrevista es la habilidad del candidato de comunicarse de manera efectiva con el entrevistador. **C / F**

¡A escribir!

Una carta de agradecimiento

Acabas de entrevistarte con la compañía Frutas Tropicales de Costa Rica para un trabajo de verano como asistente de ventas. Escribe una carta agradeciendo la entrevista que te concedieron. Menciona el trabajo que solicitas y haz hincapié *(put emphasis)* en las cualidades que posees.

Paso 1: Antes de completar esta actividad regresa al libro de texto y lee otra vez la estrategia de escritura. En esta carta quieres dar gracias por la entrevista, resaltar tu interés en el puesto y la empresa y destacar tus atributos y habilidades. En un papel, haz una lista de tus logros académicos y tu experiencia.

> **Functions:** Writing a letter (formal); Expressing intention
> **Vocabulary:** Personality; Professions; Working conditions
> **Grammar:** Accents; Adjective agreement; Nouns: irregular gender; Verbs: commands, conditional, imperative

Paso 2: Basándote en la información del Paso 1, escribe en un papel el primer borrador de tu carta.

Paso 3: Ahora, revisa tu borrador y haz los cambios necesarios. Asegúrate de verificar el uso del vocabulario apropiado del **Capítulo 6** y las conjugaciones de los verbos. Cuando termines, entrégale a tu profesor(a) la versión final de tu carta.

CD3-11

¡A pronunciar!

Los acentos y el golpe (stress)

- El golpe que recibe una sílaba u otra puede cambiar el significado de una palabra. Igual pasa en inglés:

    refuse *(garbage)*   refuse *(reject)*
    present *(gift)*   present *(introduce)*

- En español el golpe también cambia el significado:

    rescato *(I rescue)*   rescató *(he or she rescued)*
    seria *(serious–fem.)* sería *(I would be)*
    ganara *(would earn)*   ganará *(will earn)*

- Siempre mira donde está el acento para colocar *(place)* el golpe donde debe ir, si no, es posible que haya un malentendido *(misunderstanding)*. Hay una gran diferencia entre:

    Me hablo. *(I speak to myself.)*
    Me habló. *(He or she spoke to me.)*

- Repite las siguientes palabras imitando el acento de la voz que oyes.

    farmacéutico
    oftalmólogo
    científico
    gráfico
    raíces
    dirá   diría
    querré   querríamos

- Repite las siguientes oraciones imitando el acento de la voz que oyes.
    1. Ni el farmacéutico ni el oftalmólogo te verían sin una cita.
    2. El agente de bienes raíces te dará un estimado carísimo.
    3. Todo científico querría tener la cura para el SIDA.
    4. De seguro tendría muchísimo dinero y ganaría el Premio Nobel.
    5. Sobre la medicina, el médico dirá: tómesela con agua.

Nombre _____ Fecha _____

Autoprueba

CD3-12

I. Comprensión auditiva

Escucha la siguiente entrevista entre la directora de recursos humanos de la empresa Seguros Interamericanos y Martín Peña, un candidato para un puesto en esa compañía, y decide si las oraciones son ciertas (**C**) o falsas (**F**).

1. Martín se enteró del puesto por medio de un anuncio de periódico. **C / F**
2. Martín no sabe nada de la compañía. **C / F**
3. Martín quiere trabajar en la compañía de seguros porque tiene buena reputación y cree que puede contribuir en algo a la empresa. **C / F**
4. A Martín le gustaría vivir en Costa Rica, pero está dispuesto a viajar a otros países. **C / F**
5. La directora le ofreció el puesto a Martín. **C / F**

II. Vocabulario en contexto

¿Qué sabemos de la búsqueda de trabajo? Encuentra la mejor definición en la columna de la derecha.

1. bolsa de trabajo _____
2. capacitar empleados _____
3. reclutador _____
4. empresario _____
5. agente de bienes raíces _____
6. administrar una empresa _____
7. comisión _____
8. sindicato _____
9. pensión _____
10. emprendedor _____

a. el dueño de una compañía
b. entrenar trabajadores
c. persona que se encarga de contratar trabajadores
d. lugar que provee información sobre empleos
e. persona que ayuda en la compra y venta de casas y edificios
f. cantidad de dinero que una persona recibe regularmente después de jubilarse
g. agrupación que defiende los intereses de los trabajadores
h. cantidad de dinero que se obtiene por tramitar una transacción financiera
i. persona activa, dinámica
j. dirigir una compañía

III. Estructuras

A. El futuro

Mis planes para el futuro: soñar no cuesta nada Completa las siguientes oraciones con la forma correcta del verbo.

Yo 1. _____ (ir) a conocer el mundo.

Mi novio y yo 2. _____ (casarse) en un crucero.

Nosotros 3. _____ (tener) trabajos interesantes y lucrativos.

Yo 4. _____ (ver) todas las maravillas del mundo.

El mundo entero 5. _____ (ser) mi hogar.

Nombre _____ Fecha _____

B. El condicional—Decisiones Escoge el verbo apropiado de la lista y ponlo en el condicional.

gustar   valer   ir   salir   ser

Decidí que 1. _____ a esa entrevista aunque no soy el mejor candidato.

Supe que la directora de recursos humanos dijo que le 2. _____ contratar a alguien joven. Pensé que todo 3. _____ mal pero me sorprendió el resultado.

Parece que ella decidió en el último momento que 4. _____ la pena conocerme.

5. _____ un gran triunfo para mí si consiguiera este puesto.

C. Mandatos—Consejos Lee la siguiente carta y luego haz una lista de consejos que le darías a esta persona. Escoge el uso apropiado de mandatos de acuerdo con el contexto de la carta. Usa los verbos de la siguiente lista.

**tener paciencia   conversar con los pacientes   no sentir miedo   no encerrarse
comprar un ventilador   invitarlo a salir   hablar con tu jefe**

Estimada Mauricia:

Te escribo porque estoy desesperado. Como tú sabes estoy trabajando de voluntaria en un centro de salud en Panamá. Me da miedo hablar con los pacientes en español porque no quiero que se vayan a burlar de mi manera de hablarlo. Después del trabajo regreso a mi cuarto y me encierro a llorar. En la noche no puedo dormir porque hace mucho calor y no tengo ni siquiera un ventilador. Hay un chico muy simpático en el centro de salud pero creo que no le caigo bien. Para colmo no me llevo bien con mi jefe. ¿Qué puedo hacer?

_____
_____
_____
_____
_____
_____

Capítulo 6   **87**

IV. Cultura

¿Qué has aprendido en este capítulo sobre El Salvador, Costa Rica y Panamá? Lee las siguientes oraciones y decide si son ciertas (**C**) o falsas (**F**).

1. En las economías de Panamá y El Salvador se usa el dólar norteamericano como divisa. **C / F**
2. Panamá tiene soberanía sobre la zona del canal de Panamá. **C / F**
3. En algunos países latinoamericanos es común hacer preguntas personales (¿Es usted casado? ¿Tiene hijos?) durante una entrevista de trabajo. **C / F**
4. El Arzobispo Óscar Romero fue presidente de El Salvador. **C / F**
5. Óscar Arias fue presidente de Costa Rica y ganador del Premio Nobel de la Paz. **C / F**

Capítulo 7

Derechos y justicia

Vocabulario en contexto
La lucha por los derechos

7-1 Sinónimos Escoge la palabra o frase que mejor complete las siguientes oraciones.

1. Hacerle daño a una persona es equivalente a…
   a. maltratarla.
   b. ayudarla.
   c. favorecerla.
   d. beneficiarla.

2. Privar a una persona de sus derechos humanos equivale a…
   a. concederle esos derechos.
   b. reconocerle esos derechos.
   c. quitarle esos derechos.
   d. darle esos derechos.

3. Vivir en una situación de marginación equivale a…
   a. vivir incorporado al resto de la población.
   b. vivir integrado al resto de la población.
   c. vivir junto al resto de la población.
   d. vivir separado del resto de la población.

4. Decir que hubo un encuentro sangriento entre policías y manifestantes equivale a…
   a. decir que hubo mucha violencia.
   b. decir que hubo mucha armonía.
   c. decir que hubo mucha conformidad.
   d. decir que hubo mucha serenidad.

5. Decir que la agrupación indígena no se dio por vencida equivale a…
   a. decir que perdió su lucha.
   b. decir que continuó luchando.
   c. decir que abandonó su lucha.
   d. decir que dejó a un lado su lucha.

7-2 Acción cívica Lee la siguiente descripción de lo que está pasando en una comunidad peruana y completa las siguientes oraciones con la palabra apropiada de la lista.

        portavoz   discriminar   movilización   consigna   desigualdad

1. La asociación campesina acusa al gobierno municipal de _____ en contra de grupos indígenas.
2. El _____ pide fin a los abusos por parte de la policía local.
3. La meta principal de la asociación es la de terminar con la _____ existente.
4. Para lograr este objetivo ha organizado una _____ de campesinos e indígenas.
5. La _____ es tierra y libertad para todos los peruanos.

CD3-13

7-3 En otras palabras Escucha lo que oyes sobre lo que pasa en el Perú y escoge la frase que quiere decir lo mismo en otras palabras.

1. _____
   a. hay desigualdad
   b. hay solidaridad
   c. hay esclavitud

2. _____
   a. censuran la prensa
   b. amenazan a los funcionarios del gobierno
   c. hacen marchas con pancartas

3. _____
   a. hay levantamientos
   b. hay respeto
   c. hay privacidad

4. _____
   a. hay maltrato
   b. hay paros
   c. hay liberación

5. _____
   a. hay que respetar al gobierno
   b. hay que tomar medidas
   c. hay que discriminar contra el gobierno

7-4 Los indígenas de Norteamérica Escucha lo que pasó con las tribus de Norteamérica y llena los espacios que siguen usando el vocabulario dado.

pacífica   explotar   violar   solidaridad   privar

1. Entre las tribus no hubo _____.
2. El gobierno _____ sus tierras.
3. El gobierno _____ los derechos de los indígenas.
4. Las tribus rara vez protestaron de una forma _____.
5. El gobierno _____ a las tribus de sus derechos.

Estructuras
El subjuntivo en cláusulas adjetivales

7-5 Una encuesta Tú estás entrevistando a una persona sobre la situación política de tu comunidad. Escoge la forma correcta del verbo.

1. ¿Conoce usted a alguien que (lucha / luche) por los derechos humanos?
2. ¿Puede recomendarme a alguien que (sepa / sabe) algo sobre el movimiento campesino de esta región?
3. ¿Tiene usted amigos o familiares que (han / hayan) participado en las huelgas en contra del gobierno municipal?
4. ¿Hay alguna organización que (es / sea) capaz de organizar a los marginados?
5. ¿Cree usted que (hay / haya) alguien que pueda dirigir esta protesta?

7-6 ¿Qué se requiere para que una organización comunitaria tenga éxito? A continuación tienes una serie de recomendaciones para que una organización comunitaria tenga éxito. Completa las oraciones con la forma correcta del verbo.

Se necesitan activistas que 1. _____ (tener) sentido común, líderes que

2. _____ (poder) persuadir a los activistas, representantes que

3. _____ (estar) dispuestos a luchar por los derechos de la comunidad,

políticos que 4. _____ (querer) proteger los intereses de la mayoría y

miembros de la agrupación que 5. _____ (participar) activamente en

las decisiones del grupo.

Nombre _____ Fecha _____

🔊 CD3-15

7-7 Un político típico Escucha lo que dice este político y escribe la verdad diciendo lo opuesto.

1. En realidad, no conoce a nadie que _____ por la justicia.
2. En realidad, él es amigo de los políticos que no _____ la verdad.
3. En realidad, no hay nadie que _____ quechua.
4. En realidad, él necesita voluntarios que _____ los derechos humanos.
5. En realidad, no tiene a nadie que _____ a hacer pancartas.

🔊 CD3-16

7-8 Mis vacaciones Escucha a Pablo, tu amigo de la clase de español, hablar sobre sus próximas vacaciones. Haz una lista de sus preferencias y lo que necesita para el viaje. Empieza las oraciones con **tener, querer, saber** o **conocer.**

Ejemplo vacaciones / fantásticas
   Pablo quiere unas vacaciones que *sean* fantásticas.

1. viaje / barato
   _____

2. un amigo / Quito
   _____

3. una cámara / digital
   _____

4. una montaña / Chimborazo
   _____

5. una montaña / altísima
   _____

6. botas / buenas
   _____

7. nadie / ir con él
   _____

Vocabulario en contexto
El derecho a la justicia

7-9 Una de estas cosas no es como las otras Marca con un círculo la palabra que no forma parte de cada grupo de palabras.

1. el fraude   la estafa   el secuestro   el juez
2. el jurado   la jueza   el acusado   el atraco
3. el caso   la disputa   el cargo   estafar

92 RUMBOS Workbook/Lab Manual

4. arrestar   castigar   dialogar   condenar

5. el pandillero   el secuestrador   la acusación   el acusado

7-10 Una película policíaca Leticia y Federico están hablando sobre una película. Completa el siguiente diálogo con la palabra apropiada.

secuestrar   motivos   estafar   una pandilla   arresto

LETICIA: Me dicen que fuiste al cine anoche. ¿Qué viste?

FEDERICO: Vi una película policíaca malísima. Se trata de cómo 1. _____ de jóvenes logra 2. _____ a un juez en Guayaquil. No se sabe exactamente cuáles fueron los 3. _____. Parece que el hijo del juez había querido 4. _____ a su propio padre pero éste se dio cuenta y había dado una orden de 5. _____ contra del joven.

LETICIA: ¿Eso es todo?

FEDERICO: Bueno, sí. Eso fue lo que entendí. La película tiene poco diálogo. Sólo se ven escenas de violencia y acción.

CD3-17

7-11 Una novela Escucha lo que pasó en este capítulo de la novela *Casos de la vida real* y escoge la mejor respuesta.

1. El Sr. Raúl Villalobos es…
    a. el acusado.
    b. el demandante.
    c. el culpable.

2. Carina Cortés es…
    a. la demandante.
    b. la sospechosa.
    c. la falsificadora.

3. Don Francisco Villalobos es…
    a. el asesino.
    b. el sospechoso.
    c. la víctima.

4. Raúl Villalobos quiere…
    a. llevar a juicio el caso.
    b. acusar a su padre.
    c. dispararle a Carina Cortés.

5. El cargo contra Carina será…
    a. hostigamiento.
    b. fraude.
    c. asesinato.

Nombre _____ Fecha _____

CD3-18

7-12 ¿Qué pasa? Escucha lo que está pasando en el programa de televisión "Los días de nuestros crímenes" y explícaselo a un(a) amigo(a), contestando sus preguntas. Asegúrate de usar palabras del vocabulario.

1. ¿Qué hace el vecino?
   _____

2. ¿Qué está tratando de hacer el muchacho?
   _____

3. ¿Qué va a hacer el muchacho?
   _____

4. ¿Qué va a hacer la mujer?
   _____

5. ¿Por qué la arrestaron?
   _____

6. ¿Qué va a cometer?
   _____

Espejos

CD3-19

7-13 Con Alberto Fujimori las minorías conquistaron a la mayoría Escucha la historia de Alberto Fujimori y escoge la mejor respuesta.

1. Los japoneses constituyen…
   a. el 20% de la población peruana.
   b. el 30% de la población peruana.
   c. el 2% de la población peruana.

2. Alberto Fujimori…
   a. nació en el Japón pero creció *(grew up)* en el Perú.
   b. es de padre japonés y madre española.
   c. nació en el Perú de padres japoneses.

3. En el Perú…
   a. los japoneses fueron siempre bienvenidos.
   b. hubo discriminación en contra de los japoneses.
   c. los japoneses tomaron el poder inmediatamente.

4. Su oponente a la presidencia fue…
   a. un escritor famoso.
   b. un actor famoso.
   c. un español.

94 RUMBOS Workbook/Lab Manual

5. Los indígenas...
   a. discriminaron en contra de los japoneses.
   b. se identificaron con Vargas Llosa.
   c. se identificaron con Fujimori.

6. ¿Qué similitudes hay con los Estados Unidos?
   a. Los japoneses constituyen el 20% de la población en los Estados Unidos.
   b. El Perú confiscó las propiedades de los japoneses en 1941.
   c. Un miembro de una minoría llegó a la presidencia.

Estructuras
El subjuntivo en cláusulas adverbiales

7-14 Una bomba en el edificio El departamento de seguridad de la universidad acaba de recibir un mensaje anónimo diciendo que alguien ha colocado una bomba en la Facultad de Leyes. Escucha el siguiente anuncio y escoge la forma correcta del verbo. ¿Indicativo o subjuntivo?

Nadie puede salir del edificio antes de que 1. (viene / venga) la policía. Ni siquiera pueden ir al baño a menos que 2. (sea / es) una emergencia. Los especialistas en explosivos van a llegar muy pronto ya que esto 3. (pasa / pase) con mucha frecuencia. Mientras ustedes 4. (esperan / esperen) pueden llamar a sus familiares. En cuanto yo 5. (tengo / tenga) más información les avisaré.

7-15 Soñar no cuesta nada Sabemos que no existe un sistema político ideal, sin embargo podemos soñar en un sistema más justo para el futuro. Completa el siguiente párrafo con la forma correcta del verbo entre paréntesis.

En un sistema ideal de gobierno no se debe encarcelar a una persona a menos que 1. _____ (haber) una justificación legal y los acusados deben tener un abogado a fin de que 2. _____ (poder) defenderse. No se debe permitir que se interrogue a un sospechoso antes de que se le 3. _____ (acusar) de algún crimen. Mientras 4. _____ (esperar) a ser juzgado, el acusado debe ser tratado con respeto. Finalmente, siempre que nosotros 5. _____ (tener) un sistema imperfecto se cometerán errores.

Nombre _____ Fecha _____

CD3-20

7-16 Las momias del Perú Las momias que descubrieron en los Andes son muy valiosas. Escucha bajo qué condiciones pueden ser estudiadas.

1. No pueden estudiar las momias...
   a. sin que le paguen al gobierno primero.
   b. a menos que se laven las manos primero.
   c. a no ser que firmen un contrato primero.

2. Pueden estudiar las momias con tal de que...
   a. las mantengan refrigeradas.
   b. no las saquen del Perú.
   c. las estudien en los Andes.

3. Deben emplear guardias de seguridad...
   a. en caso de que se despierten.
   b. por miedo a que se roben las momias.
   c. aunque no son muy valiosas.

4. El gobierno anunció que...
   a. van a pagar una multa siempre que hieran las momias.
   b. van a pagar una multa con tal que hieran las momias.
   c. pagarán una multa aunque no pase nada.

5. No se puede tocar una momia...
   a. hasta que se laven las manos.
   b. con tal que se pague la multa.
   c. a menos que se lleven guantes.

CD3-21

7-17 Reglas y consejos Expresa de otro modo estas reglas y consejos legales.

   Ejemplo   TÚ ESCUCHAS: Eres inocente. Tienen que probar que eres culpable.
             TÚ DICES: **Eres inocente hasta que prueben que eres culpable.**

1. El jurado no puede terminar sus deliberaciones sin que _____ unánime.
2. No tienes que decirle nada a la policía a menos que _____.
3. La corte te puede asignar un abogado *(lawyer)* en caso de que _____.
4. Es mejor llamar a un abogado antes de que _____.
5. Puedes firmar un contrato siempre y cuando _____.

Nombre _____ Fecha _____

Rumbo abierto

¡A leer!

Mueren jóvenes en incendio en Lima

Lee el siguiente reportaje periodístico sobre una catástrofe en Lima y luego contesta las preguntas al final.

Estrategia: Separando los hechos de las opiniones

La lectura crítica de un texto requiere que podamos separar los hechos de las opiniones. Los hechos se refieren a eventos verdaderos que se pueden verificar de manera objetiva. Opiniones son comentarios que generalmente tienen más de una interpretación.

Paso 1: Lee las siguientes oraciones e indica con una **H** si crees que es un hecho y una **O** si crees que es una opinión.

	H	O
1. Murieron 15 personas asfixiadas.	___	___
2. La catástrofe ocurrió a las 2 de la mañana.	___	___
3. Los accidentes de tráfico reflejan la falta de compasión de los conductores.	___	___
4. El no permitir la entrada de menores a los casinos es cuestión de sentido común.	___	___

Paso 2: Ahora lee el reportaje con cuidado y trata de separar las opiniones de los hechos.

Por lo menos 15 jóvenes murieron asfixiados el viernes pasado en una lujosa discoteca de Lima. Además de los muertos, docenas de personas resultaron heridas al tratar de escapar del incendio. Según información suministrada por la policía, el incendio empezó a eso de las dos de la mañana cuando un mesero colocó velas *(candles)* muy cerca de una botella de ron que inmediatamente explotó. No se sabe hasta el momento si fue un acto accidental o premeditado.

A pesar de ser un lugar muy conocido y frecuentado, el local funcionaba de manera ilegal. Según el director de policía: "La discoteca no tenía permiso para operar, ni medidas adecuadas de seguridad". Pedro Gutiérrez, uno de los sobrevivientes, afirmó que "pocos segundos después de la explosión, la gente empezó a gritar y a tratar de salir rápidamente del edificio".

Esta tragedia ha causado gran impacto en la sociedad. Las imágenes que aparecieron en la televisión muestran a cientos de jóvenes heridos en espera de ayuda médica. La discoteca tenía capacidad para más de mil personas y ocupaba cuatro pisos de un edificio moderno de la calle Miraflores. El alcalde de la ciudad dijo al canal nacional de televisión que además de personas, se encontraron dos leones muertos en el edificio. Parece ser que estos animales formaban parte de un espectáculo musical que se presentaba aquella noche.

La pregunta que nos planteamos es cómo es posible que un lugar tan lujoso y tan conocido no tenga la documentación legal para funcionar, ni las mínimas medidas de seguridad. ¿Quiénes son los responsables de esta tragedia? Esperamos que las autoridades puedan esclarecer los hechos e implantar reglamentos que prevengan otra catástrofe similar.

Paso 3: Lee las siguientes oraciones e indica si son ciertas (**C**) o falsas (**F**). Si la oración es falsa, corrígela.

1. Los jóvenes murieron al no poder respirar debido al incendio. **C / F**

   _____

2. Un mesero inició intencionalmente el incendio. **C / F**

   _____

3. Un sobreviviente relata cómo reaccionó la gente después de la explosión. **C / F**

   _____

Nombre _____ Fecha _____

4. Según el autor, no se puede explicar por qué este lugar no tenía sus permisos en regla. **C / F**

5. El reportaje termina con una serie de recomendaciones para evitar este tipo de incidente en el futuro. **C / F**

¡A escribir!

Un accidente

Como sabes, la función del reportaje es la de investigar, documentar e informar objetivamente. Acabas de leer sobre un incendio en Perú y ahora te toca a ti escribir un reportaje sobre algún accidente o incidente importante que hayas visto, o sobre el cual tienes suficiente información.

Paso 1: Antes de completar esta actividad regresa al libro de texto y lee otra vez la estrategia de escritura: las citas directas e indirectas. Luego escoge un incidente o algo que hayas visto o que conozcas bien. Haz una lista de los detalles que recuerdas sobre el incidente y ponlos en una hoja de papel.

> **Functions:** Describing; Writing a news item
> **Vocabulary:** Emotions; Media; Newsprint; People; Personality; Violence and working conditions
> **Grammar:** Conjunctions, Verbs: indicative, subjunctive with conjunctions

Paso 2: Basándote en la información del Paso 1, escribe en un papel el primer borrador de tu reportaje.

Paso 3: Ahora, revisa tu borrador y haz los cambios necesarios. Asegúrate de verificar el uso del vocabulario apropiado del **Capítulo 7**, las conjugaciones de los verbos, la ortografía y la concordancia. Cuando termines, entrégale a tu profesor(a) la versión final de tu reportaje.

CD3-22

¡A pronunciar!

Las consonantes "b" y "v"

- Las consonantes **"b"** y **"v"** siempre se pronuncian igual en español. Se pronuncian como la **"b"** en inglés.
- Repite las palabras imitando la voz que oyes.

  Bolivia   Venezuela
  boicot   vencido
  abuso   levantamiento
  barbaridad   bienvenidos

- Repite las siguientes oraciones teniendo cuidado de pronunciar la **"b"** y la **"v"** igual.

  Venezuela y Bolivia están bastante separados.
  Organizaron un boicot debido al abuso de las empresas privadas.
  El pueblo unido, jamás será vencido.
  ¡Qué barbaridad! ¡Qué abuso!

- Repite este trabalenguas:

  Viviano Bóber bebe con un bobo *(drinks with a fool)*
  Y el bobo bebe vino
  Y el que bebe, es bobo vivo *(he who drinks is a living fool)*

Autoprueba

CD3-23

I. Comprensión auditiva

Escucha el segmento de las noticias y decide si las oraciones son ciertas (**C**) o falsas (**F**).

1. El gobierno ecuatoriano creó una comisión para luchar en contra de la corrupción. **C / F**
2. La comisión tiene una docena de asistentes, un portavoz y el jefe es un juez. **C / F**
3. El juez Toledano no ha hecho ningún comentario sobre su nuevo puesto. **C / F**
4. El objetivo de la comisión, según el comunicado de la presidencia, es el de luchar por la dignidad del país. **C / F**

II. Vocabulario en contexto

Encuentra la mejor definición en la columna de la derecha.

1. amenazar _____
2. censurar _____
3. derrocar _____
4. discriminar _____
5. condenar _____
6. el daño _____
7. ebrio _____
8. el jurado _____
9. el fraude _____
10. el soborno _____

a. un mal sufrido por alguien
b. personas que componen un tribunal
c. dinero que se le da a alguien para conseguir algo
d. borracho
e. tratar a alguien de forma diferente a los demás
f. castigar a alguien por un crimen
g. prohibir publicación de información
h. destituir un gobierno
i. engaño
j. dar a entender que se quiere hacer un mal (intimidar)

III. Estructuras

A. El subjuntivo en cláusulas adjetivales

1. Soy una activista y conozco a mucha gente que…
   a. trabaja para dar fin a la discriminación.
   b. trabaje para dar fin a la discriminación.

2. Puedo recomendar a un par de dirigentes indígenas que…
   a. conozcan muy bien la situación del pueblo.
   b. conocen muy bien la situación del pueblo.

3. También tengo familiares que…
   a. han participado en huelgas de hambre.
   b. hayan participado en huelgas de hambre.

4. En mi opinión, en el momento hay diferentes organizaciones que...

   a. sean capaces de representar nuestros intereses.

   b. son capaces de representar nuestros intereses.

5. Tampoco creo que haya ninguna persona aquí que no...

   a. está a favor de la causa.

   b. esté a favor de la causa.

B. El subjuntivo en cláusulas adverbiales

Alerta roja. Lee el siguiente diálogo entre un militar y un estudiante. Los dos se encuentran en la Facultad de Ciencias durante una manifestación estudiantil.

ESTUDIANTE: ¿Puede alguien salir del edificio antes de que 1. (llegue / llega) el ejército?

MILITAR: No, usted no puede salir de aquí a menos que 2. (tenga / tiene) un permiso especial.

ESTUDIANTE: Mientras 3. (esperemos / esperamos), ¿podemos usar nuestros celulares?

MILITAR: No, ya que eso no se 4. (permita / permite) en este tipo de emergencia. Tan pronto yo 5. (reciba / recibo) más información les avisaré.

IV. Cultura

¿Qué has aprendido en este capítulo sobre la cultura de Bolivia, Ecuador y Perú? Lee las siguientes oraciones y decide si son ciertas (**C**) o falsas (**F**).

1. Atahualpa fue un líder inca. **C / F**

2. Francisco Pizarro fue rey de España durante la conquista de Perú. **C / F**

3. A la ciudad de Nazca se le conoce por las figuras que los indígenas dibujaron sobre la arena del desierto. **C / F**

4. Durante el siglo XIX Perú, Chile y Bolivia participan en la guerra del Pacífico. **C / F**

5. La ciudad de Arequipa se encuentra en Bolivia. **C / F**

Capítulo 8
La expresión artística

Vocabulario en contexto
La expresión artística: artes plásticas

8-1 ¿Estás seguro? A continuación tienes una serie de oraciones sobre diferentes aspectos de la expresión artística. Léelas e indica si son ciertas (**C**) o falsas (**F**). Si la oración es falsa, corrígela.

1. La cúpula es un termino técnico que se usa en la arquitectura. **C / F**

   _____

2. Los murales son un tipo particular de óleos sobre lienzo. **C / F**

   _____

3. En general, los artesanos elaboran sus creaciones a mano. **C / F**

   _____

4. Las tallas en madera se pueden considerar como ejemplos de escultura. **C / F**

   _____

5. La fachada de un edificio se refiere a la parte interior del mismo. **C / F**

   _____

8-2 Una de estas cosas no es como las otras Marca con un círculo la palabra que no forma parte de este grupo de palabras.

1. la alfarería	el pincel	el óleo	la arcilla
2. los murales	el óleo	el paisaje	el mármol
3. la torre	la cúpula	la fachada	la naturaleza muerta
4. el mármol	la madera	el lente angular	la arcilla
5. simbólico	moderno	moldear	contemporáneo

CD3-24

8-3 ¿Qué necesito? Este artista frustrado dice lo que necesita para continuar su trabajo. ¿Qué necesita?

1. _____   4. _____

2. _____   5. _____

3. _____

Capítulo 8   **101**

Nombre _____ Fecha _____

CD3-25

8-4 Un museo Escucha la descripción de los siguientes artículos y decide qué dibujo está describiendo.

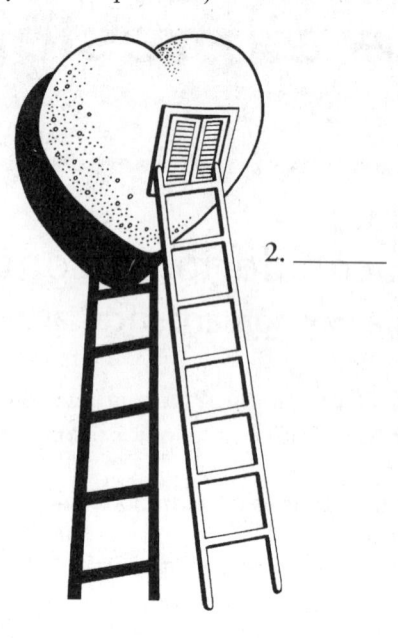

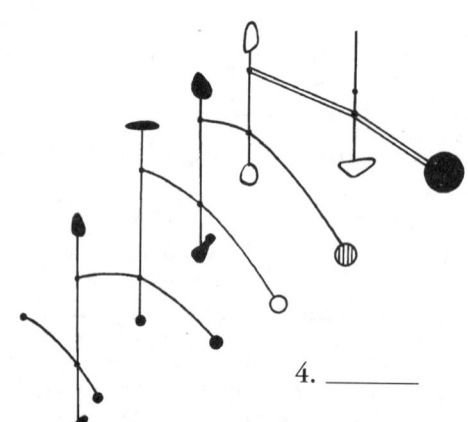

1. _____

2. _____

3. _____

4. _____

5. _____

102 RUMBOS Workbook/Lab Manual

Estructuras
El imperfecto del subjuntivo y el uso del subjuntivo en cláusulas condicionales con *si*

8-5 Un proyecto artístico Un dirigente cultural de una colonia de artistas habla sobre los problemas a los que se enfrenta. Llena el espacio en blanco con la forma correcta del imperfecto de subjuntivo.

No había en el país un pueblo que 1. _____ (tener) más fama entre la comunidad artística.

Íbamos a inaugurar un teatro en cuanto 2. _____ (recibir) fondos del Ministerio de Cultura.

Sentimos mucho que por cuestiones políticas no se 3. _____ (poder) realizar este proyecto.

No queríamos que nuestros amigos 4. _____ (pensar) que nos habíamos dado por vencidos.

Lo que pasó en realidad fue que el ministro de cultura no quería que nosotros 5. _____ (ser) reconocidos como líderes en el campo de la cultura.

8-6 Recomendaciones de mi profesora de arte Lee los siguientes consejos de una profesora de arte y escoge la palabra que mejor complete la oración.

1. Ella me sugirió que _____ el museo de arte moderno.
   a. visitara
   b. visite
   c. visitará

2. También me dijo que _____ a la ciudad universitaria.
   a. iba
   b. fuera
   c. vaya

3. Me recomendó que _____ la arquitectura colonial.
   a. admira
   b. admire
   c. admirara

4. Me aconsejó que _____ los murales del palacio.
   a. viera
   b. vea
   c. veo

5. Finalmente, me invitó a que _____ un recorrido por el mercado de artesanías con ella.
   a. haga
   b. hiciera
   c. hago

Nombre _____ Fecha _____

8-7 Los sueños y las pesadillas de un artista Un joven nos habla sobre sus esperanzas y sus preocupaciones. Completa los espacios con la forma correcta del verbo.

Probablemente iría a Venezuela para dedicarme al arte si **1.** _____ (tener) dinero suficiente. Sería muralista, si **2.** _____ (poder) encontrar a alguien que me apoyara. Quizás me dedicaría a la fotografía si **3.** _____ (descubrir) que tengo talento. Haría lo que **4.** _____ (ser) necesario para vivir como artista. Qué gusto me daría si **5.** _____ (saber) lo que traerá el futuro.

8-8 Una conversación Lee el siguiente diálogo entre dos amigos que hacen planes para ir a un concierto. Llena el espacio en blanco con la forma apropiada del indicativo o el subjuntivo del verbo entre paréntesis.

—Si yo **1.** _____ (tener) tiempo, te llamo en la noche para ver si podemos ir al concierto con Tulio.

—Si él **2.** _____ (ir) al concierto anoche, no va a ir hoy con nosotros.

—Creo que si él **3.** _____ (conocer) mejor la música popular, iría a ver el espectáculo por segunda vez.

—Si él **4.** _____ (entender) mejor la música de Shakira, sería más fácil convencerlo.

—Si **5.** _____ (ser) todo tan fácil, no te hubiera llamado.

CD3-26

8-9 La pasé bien Escucha lo que Carlos les cuenta a sus padres de su visita a un amigo en Colombia y decide si las oraciones son ciertas (**C**) o falsas (**F**).

1. Antonio insistió en que hablara español solamente. **C / F**
2. Le dijo a Carlos que fuera a los carnavales que son los mejores del mundo. **C / F**
3. Le dijo que era importante que visitara el Museo del Oro. **C / F**
4. Insistió en que comiera un plato que hacía su madre. **C / F**
5. Le recomendó que no fuera a Bogotá. **C / F**
6. Le dijo que había galerías de arte muy buenas. **C / F**

CD3-27

8-10 ¿Qué harías? Escucha las siguientes posibilidades para vacacionar y di qué harías.

1. Si fuera a Bogotá _____.
2. Si pudiera ver uno de estos edificios _____.
3. Si visitara esa catedral _____.
4. Si pudiera asistir a la Universidad de los Andes _____.
5. Si fuera a la Plaza de Beethoven _____.

Vocabulario en contexto
El mundo de las letras

8-11 Sinónimos Escoge la palabra o frase que tenga el mismo significado que la palabra subrayada.

1. Rómulo Gallegos es un <u>renombrado</u> escritor venezolano.
   a. famoso
   b. desconocido
   c. ignorado

2. Su novela más conocida <u>relata</u> la historia de una mujer indomable.
   a. publica
   b. cuenta
   c. dibuja

3. <u>La protagonista</u> de la obra es uno de los nombres más conocidos en la literatura.
   a. el personaje principal
   b. el personaje secundario
   c. el personaje ficticio

4. Es una historia <u>fascinante</u>.
   a. aburrida
   b. ordinaria
   c. extraordinaria

5. Miles de <u>ejemplares</u> de la novela se venden cada año.
   a. ediciones rústicas
   b. copias
   c. ediciones

8-12 En otras palabras Empareja el término de la columna izquierda con la frase que mejor lo defina o lo ejemplifique de la columna derecha.

1. _____ mito
2. _____ desenlace
3. _____ tragedia
4. _____ seudónimo
5. _____ trama

a. historia que se narra en una novela o un cuento
b. género literario que presenta los conflictos de la naturaleza humana
c. narración maravillosa situada fuera del tiempo histórico
d. nombre ficticio que usa un(a) autor(a)
e. resolver la trama de una obra literaria

Nombre _____ Fecha _____

CD3-28

8-13 ¿Qué es esto? Escucha la narración de varios ejemplos de modos literarios. ¿Puedes identificar lo que son? Selecciona la mejor respuesta.

1. _____
   a. Esto es ironía.
   b. Esto es una metáfora.
   c. Esto es una aventura.

2. _____
   a. Esto es una narrativa.
   b. Esto es sátira.
   c. Esto es una rima.

3. _____
   a. Esto es una metáfora.
   b. Esto es un símil.
   c. Esto es un verso.

4. _____
   a. Esto es ficción.
   b. Esto es un mito.
   c. Esto es una tragedia.

5. _____
   a. Los animales son seudónimos.
   b. Las personas son las protagonistas.
   c. Los animales son los narradores.

CD3-29

8-14 ¿Qué es? Escucha un poco de la trama de cada narración y decide qué género literario es.

1. _____   a. una novela policíaca
2. _____   b. un cuento de hadas
3. _____   c. una novela rosa
4. _____   d. una épica
5. _____   e. una leyenda

Espejos

CD3-30

8-15 El Museo del Oro Escucha sobre este fabuloso museo colombiano y decide si las oraciones son ciertas (**C**) o falsas (**F**).

1. El Museo del Oro está en Santa Fe, Nuevo México. C / F
2. Muchos de los artefactos que exhibe son objetos pre-hispánicos. C / F
3. El museo sólo exhibe objetos de oro y metales preciosos. C / F
4. Es un museo muy moderno que ofrece también exhibiciones virtuales. C / F
5. En el museo no se permite ningún tipo de comida o bebida. C / F

Estructuras
Los pronombres relativos

8-16 En una librería Dos compañeros de clase se encuentran en una librería y hablan sobre sus gustos. Escoge el pronombre relativo apropiado a cada oración.

1. El libro (que / quien) me regalaste me gustó mucho.
2. El hombre (en que / que) lo escribió fue mi profesor de teatro.
3. Aquí está la sección de drama clásico (que / de la que) nos habló el maestro.
4. Prefiero las tragedias (en las que / con quien) tratan con el dolor humano.
5. Mi amiga Patricia, (la que / con quien) hablaste en la fiesta, se especializa en tragedias.

8-17 Dificultades con mi clase de literatura Un estudiante comenta sobre las dificultades que tiene con sus lecturas en la clase de literatura. Completa las siguientes oraciones con el pronombre relativo apropiado.

No comprendo lo 1. _____ el autor de esta novela quiere comunicar.

Esta obra es la 2. _____ me recomendó mi compañero de clase.

El compañero, con 3. _____ hablé ayer, me dio una recomendación.

La recomendación 4. _____ me dio no tiene ningún sentido.

¿Dónde estará el asistente del profesor a 5. _____ le asignaron esta clase de literatura?

Nombre _____ Fecha _____

🎧 CD3-31

8-18 Shakira Escucha sobre la vida de Shakira y escribe la información que falta.

1. Shakira, _____ nombre completo es Shakira Isabel Mebarak Ripoll, nació en Barranquilla, Colombia.

2. Su padre, _____ es libanés, la llamó Shakira que significa "mujer de mucha gracia".

3. Todas las canciones de su primer álbum, _____ escribió ella, fueron muy buenas.

4. El álbum *Pies descalzos*, _____ vendió cuatro millones de copias, fue su segundo álbum.

5. La revista *Time*, _____ portada apareció Shakira, escribió un artículo sobre ella.

🎧 CD3-32

8-19 El Dorado Escucha las siguientes frases y únelas con un pronombre relativo para saber sobre la leyenda de El Dorado.

1. _____,
   trata de un tesoro de oro y esmeraldas.

2. _____,
   solo existían en la imaginación.

3. _____,
   murieron en la jungla.

4. _____,
   se hizo famosa en todo el mundo.

108 RUMBOS Workbook/Lab Manual

Rumbo abierto

¡A leer!

Nueva revista para jóvenes

Lee el siguiente artículo sobre el lanzamiento de una nueva revista en Colombia y luego contesta las preguntas al final.

Estrategia: Reconocer la función de una palabra como indicio de su significado

Tu conocimiento de la gramática te puede ayudar a descifrar el significado de palabras nuevas, si puedes reconocer su función gramatical dentro de la oración.

Paso 1: Regresa al **Capítulo 8** del texto y repasa la estrategia de lectura. Ahora lee las siguientes oraciones e identifica el sujeto, el verbo y los complementos.

1. La revista va dirigida a la juventud colombiana.

2. Los interesados pueden enviar sus poemas por correo electrónico.

3. El Dr. Rodríguez Infante, en su discurso, explicó el porqué del nombre *Abecedario*.

Paso 2: Lee el artículo con cuidado.

Ayer en la tarde, en la biblioteca Miguel Ángel Arango, se anunció el lanzamiento de *Abecedario*. *Abecedario* es un semanario de información cultural editado en Bogotá y dirigido por el Dr. Pedro Rodríguez Infante. La revista va dirigida a la juventud colombiana y busca informar y educar a una nueva generación de lectores sobre temas de actualidad cultural, tanto en las artes como en todo tipo de expresión artística. El Dr. Rodríguez Infante, en su discurso, explicó el porqué del nombre *Abecedario*. Según el reconocido periodista, el abecedario es como un gran rompecabezas que con escasas veintisiete piezas, puede crear una serie infinita de posibilidades de comunicación. Lo que la revista busca, apuntó, "es exactamente eso: crear la posibilidad de comunicación para los jóvenes que se interesen por la cultura y el arte".

La revista quiere presentar de forma imaginativa y bella el mundo de las palabras y las imágenes a un público joven e inexperto. Otra de sus finalidades es la de promover el conocimiento de la cultura y el arte colombiano contemporáneo. Además de artículos y ensayos escritos por especialistas, la revista tendrá una sección especial dedicada a los nacientes poetas menores de veinte años. La poesía, nos explica el editor, "será la puerta de entrada para muchos jóvenes al fascinante mundo de la cultura" y agrega más tarde, "no queremos que sólo sean consumidores sino también creadores".

Los interesados pueden enviar sus poemas por correo electrónico a poesia@abecedario.com.co.

Paso 3: Lee las siguientes oraciones e indica si son ciertas (**C**) o falsas (**F**). Si la oración es falsa, corrígela.

1. En el contexto del artículo, lanzamiento significa publicar por primera vez una revista. **C / F**

2. La revista está diseñada para atraer el interés de los conocedores del arte y la cultura. **C / F**

3. El título de la revista quiere capturar el tono y la intención de la publicación. **C / F**

4. Otro objetivo de la revista es el de promover el análisis de los medios masivos de comunicación. **C / F**

5. La publicación de poemas va a jugar un papel importante en la revista. **C / F**

¡A escribir!

Un poema libre

Tú quieres ser uno de los primeros en enviar un poema a la revista *Abecedario*. Escribe un poema corto sobre un tema libre. Si necesitas ayuda, ve al libro de texto y usa la información de la sección **La expresión poética: pintando con palabras** como guía.

Paso 1: Antes de completar esta actividad regresa al libro de texto y lee otra vez la estrategia de escritura: La descripción y el lenguaje descriptivo. Por ejemplo, piensa en un lugar que te guste y que conozcas bien. Escribe cinco características de este lugar. Cada una de ellas debe ayudarle al lector a comprender por qué te gusta tanto ese lugar.

ATAJO
Functions: Describing
Vocabulary: Animals; Emotions; People; Personality
Grammar: Adjectives: agreement and placement; Adverbs; Verbs: *if* clauses

Paso 2: Basándote en la información del Paso 1, escribe en un papel el primer borrador de tu poema.

Paso 3: Ahora, revisa tu borrador y haz los cambios necesarios. Asegúrate de verificar el uso del vocabulario apropiado del **Capítulo 8**, las conjugaciones de los verbos, el uso de adjetivos y la concordancia. Cuando termines, entrégale a tu profesor(a) la versión final de tu poema.

¡A pronunciar!

CD3-33

Silabeo

Para pronunciar bien las palabras debemos saber qué sonidos van juntos, y cuáles debemos separar. ¿Debemos separar en dos sílabas la palabra "bien"? Si la "**i**" y la "**u**" están unidas a otra vocal, no se deben separar, excepto con un acento. La "**a**" y la "**e**" son vocales fuertes y deben separarse.

- Escucha y repite las siguientes palabras de una sílaba:

    bien
    cual
    cien

- Escucha y repite las palabras de dos sílabas:

    pincel   pin-cel
    vidrio   vi-drio
    sombra   som-bra

- Escucha y repite las palabras de tres sílabas:

    arcilla   ar-ci-lla
    vidriera   vi-drie-ra
    influencia   in-fluen-cia

- Escucha y repite las palabras de cuatro sílabas:

    manipular   ma-ni-pu-lar
    estética   es-té-ti-ca
    moldearlas   mol-de-ar-las

- Escucha las siguientes palabras y decide cuántas sílabas tienen:

    1. una   dos   tres   cuatro
    2. una   dos   tres   cuatro
    3. una   dos   tres   cuatro
    4. una   dos   tres   cuatro
    5. una   dos   tres   cuatro
    6. una   dos   tres   cuatro
    7. una   dos   tres   cuatro
    8. una   dos   tres   cuatro

Los poemas cinquain que aprendiste a escribir en este capítulo no requieren un número específico de sílabas, pero los sonetos, por ejemplo, sí. ¿Cuántas sílabas tienen estos versos de un soneto de Gabriel García Márquez? Recuerda que tienes que unir las vocales.

Al pasar me saluda y tras el viento
Que da el aliento a su voz temprana

Capítulo 8   **111**

Nombre _____ Fecha _____

Autoprueba

CD3-34

I. Comprensión auditiva

Escucha el reporte sobre los mejores ejemplos de arte religioso en Colombia e indica si las siguientes oraciones son ciertas (**C**) o falsas (**F**).

1. Expertos de cuatro ciudades de Colombia seleccionaron los mejores ejemplos de arte religioso en Colombia. **C / F**

2. En primer lugar se encuentra una iglesia en la ciudad de Bogotá conocida por sus obras de arte moderno. **C / F**

3. Una custodia es una pieza de oro u otro metal precioso que se usa para exponer la hostia sagrada. **C / F**

4. La iglesia que ocupa el tercer lugar es famosa por la arquitectura del templo y sus pinturas. **C / F**

5. La talla en madera de la iglesia en Popayán es una pintura. **C / F**

II. Vocabulario en contexto

¿Qué recuerdas sobre las artes plásticas y la literatura? Encuentra la mejor definición en la columna de la derecha.

1. la leyenda
2. el lienzo
3. renombrado
4. el homenaje
5. tallar
6. apreciar
7. el mármol
8. la acuarela
9. el pincel
10. la ironía

a. tela preparada para pintar sobre ella
b. pintura sobre papel con colores diluidos en agua
c. instrumento utilizado para pintar
d. piedra caliza que se usa en la escultura
e. burla fina y disimulada
f. persona célebre
g. narración de sucesos maravillosos que no son históricos o verdaderos
h. acto que se celebra en honor de una persona
i. elaborar cuidadosamente una obra de arte usando madera u otros materiales
j. valorar algo

III. Estructuras

A. El imperfecto del subjuntivo y el uso del subjuntivo en cláusulas condicionales con *si*

Completa los espacios con la forma correcta del verbo.

Cuando era más joven…

Mis padres insistían en que yo 1. _____ (tomar) clases de arte o baile.

Era necesario que mi hermana y yo 2. _____ (ir) juntos a las clases.

No había ninguna clase que me 3. _____ (interesar).

Nosotros teníamos que asistir para que papá nos 4. _____ (dar) dinero para nuestros gastos.

Yo necesitaba el apoyo de alguien que me 5. _____ (poder) ayudar, pero no había nadie.

B. Pronombres relativos

La visita a una exhibición de arte Escoge el pronombre relativo apropiado a cada oración.

1. No entiendo lo (que / quien) Botero busca expresar en esta pintura.
2. Y es precisamente la (quien / que) recomienda la guía del museo.
3. He debido hacerle caso a mi compañero con (quien / cual) hablé ayer. Él me dijo que no valía la pena.
4. (La que / Lo que) no entiendo es por qué es tan famosa.
5. (Quien / Los que) escribieron la guía del museo no entienden de arte.

IV. Cultura

¿Qué has aprendido en este capítulo sobre Colombia y Venezuela? Lee las siguientes oraciones y decide si son ciertas (**C**) o falsas (**F**).

1. Doña Bárbara es una renombrada novela colombiana. **C / F**
2. Gabriel García Márquez es el autor de *Cien años de soledad.* **C / F**
3. El colombiano Fernando Botero es uno de los mejores pintores de América. **C / F**
4. La ciudad universitaria de Bogotá es uno de los mejores ejemplos de arquitectura moderna. **C / F**
5. La palabra Venezuela está asociada a la ciudad de Venecia en Italia. **C / F**

Capítulo 9
Tecnología: ¿progreso?

Vocabulario en contexto
Los inventos de ayer y de hoy

9-1 ¿Qué significa todo esto? Un amigo está un poco confundido con algunos términos que se usan al hablar de la tecnología y las comunicaciones. Empareja la palabra de la lista con su definición.

buscador   sistema operativo   inalámbrico   bajar   usuario

1. Programa que controla las diferentes funciones de la computadora _____
2. Persona que tiene derecho a utilizar algo _____
3. Programa que nos permite localizar información en la Red _____
4. Sistema de comunicación sin alambres conductores _____
5. Indica la transferencia de información de una computadora remota a nuestra computadora personal. _____

9-2 Una de estas cosas no es como las otras Marca con un círculo la palabra que no forma parte de cada grupo de palabras.

1. cerilla   fuego   incendio   pila
2. indispensable esencial   innecesario   fundamental
3. banda ancha   módem   Internet   inalámbrico
4. software   computadora   anestesia   sistema operativo
5. usuario   contraseña   APD   envase de burbuja

CD4-2

9-3 Invenciones Escucha las siguientes descripciones y di de qué invención se trata. Escoge de la siguiente lista: el helicóptero, el marcapasos, la anestesia, la píldora anticonceptiva, la rueda y el inalámbrico.

1. _____
2. _____
3. _____
4. _____
5. _____
6. _____

Capítulo 9   **115**

Nombre _____ Fecha _____

🎧 CD4-3

9-4 Problemas Escucha lo que le pasa a Humberto y di cuál es el problema. Asegúrate de usar palabras apropiadas del vocabulario.

1. No pudo _____ el ensayo.
2. No puede recordar su _____.
3. Dejó el _____ en casa.
4. Humberto quiere un _____ en español.
5. Quiere un servicio de Internet de _____.

Estructuras
El presente perfecto del subjuntivo y el pluscuamperfecto del subjuntivo

9-5 ¿Cuál es el mejor? Unos amigos están pensando en comprar un nuevo iPod y tú los quieres ayudar. Llena los siguientes espacios con la forma correcta del verbo **haber** para formar el presente perfecto del subjuntivo.

Me alegro de que mi novio 1. _____ (haber) comprado su propio iPod.

Tan pronto como nosotros 2. _____ (haber) aprendido a manejarlo te lo enseñaré.

Confío en que tú 3. _____ (haber) leído las indicaciones del manual para que sea más fácil entenderlo todo.

Espero que tú y Alejandra 4. _____ (haber) visto todos los modelos antes de decidirse a comprar un iPod.

Ojalá que yo te 5. _____ (haber) podido ayudar en algo.

9-6 ¿Qué hubiera ocurrido? Sin la invención de los siguientes productos no tendríamos los siguientes servicios. Escoge la frase que mejor complete cada oración.

Si no 1. _____ la electricidad no tendríamos la televisión.
   a. hubieran inventado
   b. hayan creado
   c. hubiese descubierto

Si no 2. _____ los usos del petróleo no tendríamos automóviles.
   a. hubieran tenido
   b. hubiera inventado
   c. hubieran descubierto

Si no 3. _____ la penicilina tendríamos más muertes a causa de infecciones.
   a. hubiesen producido
   b. hubieran destruido
   c. hubiera aplicado

116 RUMBOS Workbook/Lab Manual

Nombre _____ Fecha _____

Si no 4. _____ el Proyecto Maniatan no tendríamos armas nucleares.
   a. hubiera dinero
   b. hubiera destruido
   c. hubieran creado

Si no se 5. _____ la quinina no se podría tratar la malaria.
   a. hubiera sintetizado
   b. hubieran inventados
   c. hubieras descubierto

CD4-4

9-7 Problemas con computadoras Escucha todos los problemas que tiene esta persona y decide cuál es la reacción lógica.

1. _____
   a. Me alegro de que no hayas tenido problemas.
   b. Me alegro de que no hayas comprado una computadora.
   c. Me alegro de que no tuviste problemas ayer.

2. _____
   a. Es malo recibir mensajes de amigos.
   b. No me sorprende que no lo hayas abierto.
   c. Me sorprende que lo hayas abierto.

3. _____
   a. Es increíble que hayas inventado un virus.
   b. Es increíble que le hayas mandado un virus a tu amigo.
   c. Es increíble que hayas recibido un virus de tu amigo.

4. _____
   a. Qué bueno que no perdiste todo tu trabajo.
   b. Qué horrible que hayas perdido todo tu trabajo.
   c. Qué bueno que todo haya cambiado a azul.

5. _____
   a. Es bueno que hayas recobrado tu trabajo.
   b. Es bueno que hayas instalado un programa anti-virus.
   c. Es malo que hayas llamado a tu amigo.

CD4-5

9-8 ¡Qué pena! Escucha estas lamentaciones de Dante y completa la información que falta.

1. Si _____ esperado una semana, habría _____ sólo $450.
2. Si hubiera _____ las pilas el día anterior, habría _____ la foto.
3. Si _____ sabido algo de carros híbridos, la _____ ayudado.

Capítulo 9   **117**

Nombre _____ Fecha _____

4. Si hubiera _____ un lápiz, no se me _____ olvidado el número.

5. Si no me _____ parado a ayudar a la muchacha, no _____ sacado una F.

Vocabulario en contexto
La tecnología y la ciencia

9-9 Una encuesta Un(a) compañero(a) de la universidad está haciendo una investigación sobre los conocimientos y las opiniones de los universitarios en cuanto a temas de salud, medicina y ciencia. Llena los siguientes espacios con la palabra apropiada de la lista.

**genoma humano   enfermedad incurable   manipulación genética
transplante de órganos   clonación**

1. ¿Está Ud. a favor de _____ o sea, la creación de una persona genéticamente idéntica a otra?

2. ¿Desea Ud. que el gobierno federal financie el proyecto del _____ (la totalidad de los genes que componen la constitución hereditaria de un organismo)?

3. ¿Se le debe decir a un paciente que él o ella sufre de una _____ y que posiblemente va a morir?

4. ¿Se debe permitir el _____ de animales a humanos?

5. ¿Se debe permitir la _____ de plantas y animales para lograr mayor productividad?

9-10 Definiciones Estás leyendo un texto de medicina y no estás seguro del significado de algunas de las palabras. Empareja la palabra de la lista con su definición.

tratamiento   cordón umbilical   remedio   riesgo   prohibir

1. Tejido que une la placenta de la madre con el feto _____

2. Lo que tomamos para curar una enfermedad _____

3. La posibilidad de que algo perjudicial ocurra _____

4. Conjunto de medios que utilizamos para curar una enfermedad _____

5. Impedir que se haga o se diga algo _____

Nombre _____ Fecha _____

🎧 CD4-6

9-11 ¿Cuál es el problema? Escucha los siguientes casos y decide qué es lo que pasa.

1. _____
   a. Muchas personas están en contra de hacer clones.
   b. Los animales se pueden clonar pero los seres humanos no.

2. _____
   a. Se están buscando curas para muchas enfermedades.
   b. Se está estudiando el genoma humano.

3. _____
   a. La fertilización in vitro puede ayudar.
   b. Las hormonas sintéticas no pueden ayudar.

4. _____
   a. Un recurso es transplantar el órgano.
   b. Un recurso es la manipulación genética.

5. _____
   a. Se puede examinar el cordón umbilical.
   b. Se puede hacer una prueba de ADN.

🎧 CD4-7

9-12 ¿Qué buscan? Escucha los siguientes problemas y di cuál es la solución o qué pasa.

1. Los científicos buscan una _____.
2. La policía busca a _____.
3. La gente busca _____.
4. La pareja puede tratar la _____.
5. Es posible que sea un _____.

Espejos

🎧 CD4-8

9-13 Argentina le abre sus puertas a Linux Escucha cuáles son los planes del gobierno de Argentina y decide si las oraciones son ciertas (**C**) o falsas (**F**).

1. En Argentina, el gobierno quiere cambiar de Windows a Linux. **C / F**
2. El pingüino es el símbolo de las computadoras en Argentina. **C / F**
3. Linux es gratis. **C / F**
4. Si usan Linux, no tendrán que pagarle nada a Bill Gates. **C / F**
5. Linux fue creado por un argentino en 1991. **C / F**
6. Una computadora con Windows cuesta $300 más que una con Linux. **C / F**

Nombre _____ Fecha _____

Estructuras
El futuro perfecto y el condicional perfecto

9-14 Todo es posible No sabemos lo que el futuro traerá pero podemos imaginar lo que habrá sucedido para el año 2010. Cambia las siguientes oraciones para que expresen la probabilidad en el pasado usando el futuro perfecto. Omite la palabra "probablemente" en tu respuesta.

Ejemplo Probablemente José vino varias veces.
José **habrá venido** varias veces.

Probablemente la universidad recibirá una patente. La universidad

1. _____ una patente.

Probablemente el Dr. Pedrahita hará avances en el proceso de clonación. El Dr. Pedrahita

2. _____ avances en el proceso de clonación.

Probablemente más estudiantes ingresarán a la facultad de medicina. Más estudiantes

3. _____ a la facultad de medicina.

Probablemente tú te beneficiarás de la ayuda económica que dan a estudiantes de ciencias. Tú te

4. _____ de la ayuda económica que dan a los estudiantes de ciencias.

Probablemente yo fundaré mi propio laboratorio de investigación. Yo

5. _____ mi propio laboratorio de investigación.

9-15 Los obstáculos de la vida Si no fuera por los obstáculos inesperados que nos presenta la vida, quizá pudiéramos lograr siempre nuestras metas. Contesta las siguientes oraciones usando el condicional perfecto.

Ejemplo —¿Viajaste a Uruguay durante el verano?
—No, pero si hubiera tenido más dinero, **habría viajado allí.**

—¿Escribiste el ensayo sobre la actualidad económica de la Argentina?

—No, pero si la biblioteca hubiera estado abierta, lo 1. _____.

—¿Fueron ustedes a la película sobre la protección del medio ambiente?

—No, pero si hubiéramos tenido más tiempo, 2. _____.

—¿Ayudaron ustedes a organizar las celebraciones del Día de la Tierra?

—No, pero si tú nos hubieras apoyado, nosotros 3. _____ las celebraciones.

—¿Leyeron tus compañeros de clase sobre los resultados de las elecciones en Uruguay?

—No, pero si ellos supieran leer español, lo 4. _____.

—¿Te quejaste por la desorganización de nuestro grupo de estudio?

—No, pero si tú no te hubieras quejado, mis compañeros se 5. _____.

Nombre _____ Fecha _____

CD4-9

9-16 Si lo hubiera sabido Escucha los "errores" que este joven cometió mientras viajaba y decide si las oraciones siguientes son ciertas (**C**) o falsas (**F**).

1. Si hubiera planeado mejor, habría ido a más países. **C / F**
2. Si se lo hubieran dicho antes, habría tomado el avión. **C / F**
3. Si hubiera sabido sobre la Ciudad Vieja, no habría ido. **C / F**
4. Si le hubieran hablado de los restaurantes al aire libre, nunca habría ido a ese lugar. **C / F**
5. Si hubiera tenido el tiempo, habría ido a esa playa. **C / F**

CD4-10

9-17 Argentina Escucha los planes que tiene Eduardo para su viaje a Argentina y di qué habrá pasado cuando regrese.

1. _____ (visitar) la Casa Rosada.
2. _____ (beber) yerba mate.
3. _____ (ver) las Cataratas del Iguazú.
4. _____ (probar) los vinos de Mendoza.
5. _____ (esquiar) en Bariloche.

Rumbo abierto

¡A leer!

La cirugía plástica en Argentina

Lee el siguiente reportaje sobre la cirugía plástica en Argentina y luego contesta las preguntas al final.

Estrategia de lectura: Identificar el tono

El tono de un texto le indica al lector la actitud que el autor tiene hacia el tema que trata. El tono puede ser crítico, apasionado, didáctico, humorístico, irónico o cínico, entre muchos otros.

Paso 1: Lee las siguientes oraciones del reportaje y trata de identificar el posible tono de este texto. ¿Es crítico, apasionado, didáctico, humorístico, irónico, cínico?

"La cirugía plástica en Argentina se ha convertido en un problema con dimensiones sociales. La gran mayoría de hombres y mujeres que se someten a estas intervenciones quirúrgicas lo hacen por razones frívolas."

Paso 2: Ahora lee el reportaje con cuidado y trata de identificar el tono.

La cirugía plástica en Argentina se ha convertido en un problema con dimensiones sociales. La gran mayoría de hombres y mujeres que se someten a estas intervenciones quirúrgicas lo hacen por razones frívolas. Lo que muchos de nuestros compatriotas buscan es la ilusión de un ideal de belleza que no existe en la realidad. Las compañías de cosméticos y los medios masivos de comunicación han creado un ideal del físico humano que sólo sirve para vender más productos y aumentar los clientes de clínicas de estética. Según los expertos, el motor principal para este tipo de operaciones es la influencia de los programas de televisión que presentan la cirugía estética como la respuesta a casi todos los problemas que pueda tener un individuo.

En mi opinión la única persona que necesita cirugía plástica es la persona que tiene una grave deformación física que le impide actuar de manera normal en la sociedad. En los últimos cuatro años, el 35% de las cirugías plásticas realizadas en Argentina se realizó en hombres menores de 65 años. Lo que ellos querían eliminar eran las bolsas debajo de los ojos, la grasa acumulada alrededor del pecho y el abdomen y la calvicie. El ejercicio, la dieta balanceada y la aceptación de la diversidad física del hombre son las soluciones para este tipo de preocupaciones.

En los últimos dos años se ha llegado hasta el extremo de inyectar en el cuerpo humano sustancias tóxicas para eliminar temporalmente las arrugas *(wrinkles)*. El capital dedicado a este tipo de investigación, y los conocimientos y habilidades de los cirujanos, deben utilizarse para ayudar a los que realmente necesitan estos tratamientos y no simplemente por vanidad.

Tenemos que estar conscientes que vivimos en un país con problemas sociales mucho más importantes que la belleza física de unos pocos. Todos los recursos financieros y humanos deben estar dirigidos a solucionar problemas que impactan la vida diaria de la mayoría y acabar con el embrujo de un ideal inventado para enajenarnos.

Nombre _____ Fecha _____

Paso 3: Lee las siguientes oraciones e indica si son ciertas (**C**) o falsas (**F**). Si la oración es falsa, corrígela.

1. La cirugía plástica constituye un problema para la sociedad argentina. **C / F**

2. El ideal de belleza tiene sus raíces en la realidad biológica del hombre. **C / F**

3. La televisión crea la ilusión de que casi cualquier problema se puede curar con la cirugía. **C / F**

4. Según el autor, todos los que puedan pagar deben tener derecho a la cirugía plástica. **C / F**

5. Inyectarse sustancias tóxicas para lograr belleza física es un ejemplo de la frivolidad de mucha gente. **C / F**

¡A escribir!

Los seguros médicos deben / no deben pagar por la cirugía plástica

Hay una diversidad de razones por las cuales los seguros médicos deben pagar por la cirugía plástica. Al mismo tiempo hay otra serie de razones por las cuales no deben pagar por este tipo de servicio. Escribe un ensayo académico presentando uno de estos puntos de vista.

Paso 1: Antes de completar esta actividad regresa al libro de texto y lee otra vez la estrategia de escritura: El ensayo académico. Luego haz una lista de razones a favor y en contra de que los seguros médicos paguen por la cirugía plástica y ponlas en una hoja de papel. Decide si estás a favor o en contra.

> **Functions:** Writing an essay; Writing an introduction; Making transitions; Writing a conclusion
> **Vocabulary:** Medicine
> **Grammar:** Prepositions; Nouns; Verbs

Paso 2: Basándote en la información del Paso 1, escribe en un papel el primer borrador de tu ensayo académico.

Paso 3: Ahora, revisa tu borrador y haz los cambios necesarios. Asegúrate de verificar el uso del vocabulario apropiado del **Capítulo 9** y las conjugaciones de los verbos. Cuando termines, entrégale a tu profesor(a) la versión final de tu ensayo.

¡A pronunciar!

CD4-11

Las consonantes "y" y "ll"

En Argentina y en Uruguay, los países que estudiamos en este capítulo, las consonantes **"y"** y **"ll"** se pronuncian de una manera diferente al resto del mundo hispanohablante.

- Repite las siguientes palabras imitando la voz que oyes.

Argentina	*Otros países*
yo	yo
cerilla	cerilla
descabellado	descabellado
yerba mate	yerba mate

    Yo me llamo Yolanda.
    Yo no creo que haya piratería.
    Ya sé que es una idea descabellada.

- Repite el siguiente trabalenguas, prestando atención a la **"y"** y la **"ll"**.

    Sorullo quiere lo suyo *(Sorullo wants what's his).*
    Lo tuyo es tuyo, dice Sorullo *(What is yours is yours, says Sorullo).*
    Suelta lo que no es tuyo *(Let go of what it is not yours).*
    Sorullo quiere lo suyo *(Sorullo wants what's his).*

Nombre _____ Fecha _____

Autoprueba

CD4-12

I. Comprensión auditiva

Escucha la siguiente descripción de un joven uruguayo sobre el correo electrónico y decide si las oraciones son ciertas (**C**) o falsas (**F**).

1. El autor sabe quién inventó el correo electrónico. **C / F**
2. Según el autor, el correo electrónico puede causar un tipo de adicción en el usuario. **C / F**
3. Lo que nos motiva a usar el correo electrónico es el placer que nos da recibir todo tipo de información. **C / F**
4. La promesa de que podemos hacernos millonarios viene de mensajes provenientes de África. **C / F**
5. El autor parece ser una persona muy pesimista. **C / F**

II. Vocabulario en contexto

Para algunas personas el vocabulario asociado con la tecnología es un vocabulario difícil de entender. Empareja la palabra de la lista con su definición.

marcapasos   controversia   anestesiar   contraseña   anticuada   embrión
gen   piratear   terapia   transgénico

1. Secuencia de ADN que constituye la unidad que trasmite las características que una persona hereda de sus padres _____
2. Letras, palabras o signos secretos que permiten acceso a algún lugar inaccesible _____
3. Se dice de un organismo que ha sido modificado mediante la adición de genes de otro organismo para lograr uno nuevo _____
4. Discusión entre dos personas con puntos de vista diferentes _____
5. Se dice de una cosa vieja, pasada de moda _____
6. Cometer acciones delictivas contra la propiedad _____
7. Tratamiento de una enfermedad _____
8. Ser humano en las primeras etapas de su desarrollo, generalmente asociado con el tercer mes de embarazo _____
9. Privar a una persona de manera parcial o total de la sensibilidad por razones médicas _____
10. Pequeño aparato electrónico que ayuda al funcionamiento normal del corazón _____

III. Estructuras

A. Presente perfecto del subjuntivo Unos amigos visitaron un Apple Center en Buenos Aires. Llena los espacios con la forma correcta del presente perfecto de subjuntivo.

Dudo que 1. _____ (tú / poder) comprar una computadora en este lugar. Aquí solo se exhíben.

¡Qué suerte que 2. _____ (ellos / conseguir) entrar a la feria de tecnología!

¡No puedo creer que no 3. _____ (ustedes / ver) un iPod antes!

¡Es un milagro que 4. _____ (ella / bajar) canciones de Internet!

¡Qué chévere que 5. _____ (nosotros / escribir) el software ganador del concurso!

B. El pluscuamperfecto del subjuntivo Un par de amigos hablan sobre los éxitos y dificultades de una compañía que produce teléfonos celulares. Completa las oraciones según el modelo usando el pluscuamperfecto del subjuntivo.

Ejemplo —¿Es sorprendente la popularidad del celular?
—Sí / ser sorprendente / el celular tener tanta popularidad en tan poco tiempo
—Sí, **es sorprendente** que el celular **hubiera tenido** tanta popularidad en tan poco tiempo.

—¿Gastan millones de dólares en promoverlos?
—Sí / es increíble / gastar tanto dinero

1. — _____

—¿Mucha gente ganó mucho dinero?
—Sí / ojalá / yo invertir en esas compañías

2. — _____

—¿Los inversionistas pagaron $23 dólares por las acciones?
—Sí / ojalá / mi padre y yo comprar a un precio tan bajo

3. — _____

—¿La compañía regaló sus primeros cien celulares?
—Sí / ojalá / yo recibir uno de esos teléfonos

4. — _____

—¿La compañía que fabrica los celulares tuvo dificultades financieras?
—Sí / ser una lástima / tener problemas al principio

5. — _____

C. El futuro perfecto ¿Qué pasará en el futuro? Dos muchachos hablan sobre lo que se habrá logrado para cuando tengan 50 años de edad. Completa las siguientes oraciones según el modelo usando el futuro perfecto.

Ejemplo Para el año 2040 / el hombre / llegar a Marte
Para el año 2040 el hombre **habrá llegado** a Marte.

Para el año 2040 / tú / inventar / automóviles que usen agua como combustible

1. _____

Para el año 2040 / yo / descubrir / un tratamiento efectivo para el cáncer

2. _____

Para el año 2040 / nosotros / elegir / un presidente nacido en el extranjero

3. _____

Para el año 2040 / nuestros padres / cumplir 100 años de edad

4. _____

Para el año 2040 / nosotros / lograr / todos nuestros sueños

5. _____

IV. Cultura

¿Qué has aprendido en este capítulo sobre Argentina y Uruguay? Lee las siguientes oraciones y decide si son ciertas (**C**) o falsas (**F**).

1. Jorge Luis Borges es un escritor argentino de fama mundial. **C / F**
2. Eduardo Galeano es un famoso doctor argentino. **C / F**
3. La capital de Uruguay es Buenos Aires. **C / F**
4. La yerba mate es una bebida popular tanto en Argentina como en Uruguay. **C / F**
5. Argentina es famosa por su ganadería. **C / F**

Capítulo 10

Desafíos del mundo globalizado

Vocabulario en contexto
Los desafíos sociales de la globalización

10-1 Asociaciones Hay conceptos que usamos para describir la vida moderna y que generalmente asociamos con otras ideas o palabras. ¿Qué asocias con las siguientes palabras?

diversidad lingüística   bilingüe   ingreso   indocumentado

1. Una persona sin pasaporte o visa   _____
2. Hablar dos idiomas   _____
3. La educación intercultural bilingüe   _____
4. La cantidad de dinero que se gana   _____

10-2 La globalización Un(a) compañero(a) está tratando de describir algunas de las características de la globalización. Llena los espacios en blanco con la palabra apropiada.

bilingüe   emigraron   identidad cultural   fuga de cerebros   aldea global

En la actualidad hablamos de la 1. _____ como una comunidad pequeña que está directamente conectada con el resto del mundo. Los ciudadanos de esta aldea nacieron en diferentes partes del mundo y 2. _____ de su lugar de origen en busca de mejores oportunidades. El idioma, la nacionalidad, las costumbres, en otras palabras, la 3. _____ se caracteriza por su diversidad. Hoy en día es común ser 4. _____, o sea, hablar inglés y español o cualquier otra combinación de idiomas. La globalización también ha creado nuevos problemas como la 5. _____, o sea, que los profesionales de países pobres abandonan sus países para buscar trabajos más lucrativos en los Estados Unidos o Europa.

CD4-13

10-3 En otras palabras... Escucha lo que pasa con los asuntos de inmigración y escoge la oración que mejor describe la situación.

1. _____
    a. Esa persona está emigrando.
    b. Esa persona está inmigrando.

2. _____
   a. La persona está subempleada.
   b. La persona es un pandillero.

3. _____
   a. La persona contribuye a la diversidad lingüística.
   b. La persona menosprecia el nuevo país.

4. _____
   a. Hay una disminución de ingresos.
   b. Hay una fuga de cerebros.

5. _____
   a. Porque la persona afecta adversamente la oferta de mano de obra del país.
   b. Porque es un indocumentado.

CD4-14

10-4 Explícame Tu amigo es apolítico y no entiende nada. Escucha sus preguntas y contesta usando el siguiente vocabulario: **deportación, racismo, tráfico de personas, fuga de cerebros, xenofobia.**

1. Hay _____.
2. Hay _____.
3. La _____.
4. La _____.
5. Hay una _____.

Estructuras
Los tiempos progresivos

10-5 ¿Qué estarán haciendo? Hace unos días regresaste de Chile donde estuviste estudiando por un semestre. Estás pensando en tus amigos y lo que hacían mientras viviste en Santiago. ¿Qué es probable que estén haciendo? Llena los dos espacios en blanco con la forma correcta del progresivo.

Ejemplo Supongo que Marujita **estará hablando** por teléfono.

Supongo que mi amigo Andrade 1. _____ (desayunarse) a esta hora.

Su hermana 2. _____ (caminar) el perro.

La tía Julia 3. _____ (ver) su programa favorito de televisión.

El tío Mauricio 4. _____ (leer) el periódico al mismo tiempo que

5. _____ (oír) el noticiero por la radio.

Nombre _____ Fecha _____

10-6 ¿Qué estaban haciendo? Un grupo de amigos recuerdan lo que estaban haciendo el 11 de septiembre de 1973 cuando fue derrocado el gobierno de Salvador Allende en Chile. Llena los dos espacios en blanco con la forma correcta del progresivo.

　　Ejemplo　Mi amigo **estaba mirando** la televisión.

—Mi esposa 1. _____ (enseñar) una clase en la universidad.

—Unos compañeros y yo 2. _____ (escribir) una carta al periódico en protesta de los abusos a los trabajadores.

—Tú, ¿qué 3. _____ (hacer)?

—Yo 4. _____ (comer) en casa con mi familia.

—Mis hermanos 5. _____ (discutir) los méritos de la política económica del gobierno.

CD4-15

10-7 Una fiesta en la Casa internacional Un recién llegado *(newcomer)* va a una fiesta. Como no conoce a nadie, le pide a alguien que le diga quién es quién. Escucha la descripción de cada persona y escribe el nombre de la persona en el dibujo.

CD4-16

10-8 ¿Qué estará pasando? Escucha la descripción de lo que pasa y piensa en qué estará pasando.

1. No sé, _____ español todo el año.
2. No sé, las _____ de Chile.
3. No sé, _____ a Argentina a trabajar.
4. No sé, _____ más dinero en los EE.UU.
5. No sé, _____ del dictador Pinochet.

Capítulo 10　**131**

Nombre _____ Fecha _____

Vocabulario en contexto
La ecología global

10-9 ¿Qué debemos hacer? En la radio escuchas los comentarios de un ecologista sobre lo que debemos hacer para proteger nuestro medio ambiente. Lee las siguientes oraciones y escoge la palabra que mejor completa la oración.

Si queremos mejorar la ecología global necesitamos 1. _____ a los jóvenes de la importancia del tema.

   a. concienciar
   b. comprender
   c. ignorar

Los gases emitidos por los automóviles tienen 2. _____ devastador sobre el medio ambiente.

   a. un objetivo
   b. un impacto
   c. un impulso

Debemos respetar 3. _____ que tenemos para evitar más daños a la naturaleza.

   a. las regulaciones
   b. los obstáculos
   c. las detenciones

Sin lugar a dudas, 4. _____ es la clave para nuestra supervivencia.

   a. la presa
   b. el abono
   c. la biodiversidad

No hay que olvidar que los recursos naturales no son 5. _____.

   a. inagotables
   b. sutiles
   c. frágiles

10-10 Definiciones Después de leer un artículo sobre el medio ambiente en Chile te das cuenta de que hay algunas palabras nuevas para ti. Empareja la palabra con su definición.

consumir   recurso renovable   presa   biodiversidad   calentamiento

1. Producto que se puede volver a utilizar _____
2. Lugar construido para almacenar agua _____
3. Diversidad de plantas y animales que viven en un hábitat _____
4. Utilizar productos o servicios para satisfacer necesidades o deseos _____
5. Acción de incrementar la temperatura de algo _____

CD4-17

10-11 ¿De qué está hablando? Escucha lo que dice este ambientalista y decide de qué está hablando.

1. _____
    a. Crea un efecto de invernadero.
    b. Crea un pantanal.
    c. Crea un abono orgánico.

2. _____
    a. La descomposición puede afectar el ambiente.
    b. Las regulaciones pueden afectar el ambiente.
    c. Los residuos radiactivos pueden afectar el ambiente.

3. _____
    a. El problema es la sobrepesca.
    b. El problema es la erosión.
    c. El problema es el calentamiento global.

4. _____
    a. Puede contribuir a la abundancia de peces.
    b. Puede haber un derrame.
    c. Puede haber descomposición.

5. _____
    a. Hay que reusar los desechos orgánicos.
    b. Hay que proteger las especies silvestres.
    c. Hay que talar más.

CD4-18

10-12 ¿Qué es? Escucha las preguntas que hace este niño y escoge la respuesta correcta.

un recurso inagotable   un recurso renovable   consumir
el embalse   un efecto invernadero   erosión

1. Es _____.
2. Es _____.
3. Se llama _____.
4. Causa _____.
5. Causa _____.

Nombre _____ Fecha _____

Espejos

CD4-19

10–13 La represa *(dam)* de Itaipú Escucha sobre esta maravilla *(wonder)* del mundo moderno y decide si las oraciones son ciertas (**C**) o falsas (**F**).

1. La represa de Itaipú es la represa hidroeléctrica más grande del mundo. **C / F**
2. La represa es tan alta como un edificio de 18 pisos. **C / F**
3. La represa exporta energía a California. **C / F**
4. Es tan poderosa *(powerful)* como 10 plantas nucleares. **C / F**
5. Los ingenieros trataron de minimizar el impacto en el medio ambiente. **C / F**
6. Esta represa se considera una de las siete maravillas *(wonders)* del mundo moderno. **C / F**

Estructuras
Repaso de tiempos verbales

10-14 Discurso Éste es un discurso de un mandatario chileno que escuchas por la radio. Llena los espacios con la forma correcta del verbo.

Habla el Presidente de la República desde el Palacio de la Moneda. El Ministro de Defensa me 1. _____ (informar) que un grupo de militares 2. _____ (ocupar) el puerto de Valparaíso. En mi capacidad de jefe de gobierno 3. _____ (llamar) a la población para que 4. _____ (mantener) la calma y la serenidad. Espero que los soldados rebeldes 5. _____ (entregar) pronto sus armas y que le demos fin a este incidente sin precedentes en nuestra historia.

10-15 Visita del embajador de Canadá Aquí tienes un corto reportaje de un periódico local sobre un tema de interés. Llena los espacios con la forma correcta del verbo.

El embajador de Canadá en Paraguay 1. _____ (visitar) la semana pasada las colonias mennonitas de Menno y Fernheim, las cuales 2. _____ (estar / localizar) a seis horas de Asunción.

Hoy día 3. _____ (vivir) en Paraguay más de ocho mil mennonitas, descendientes de un grupo de canadienses que probablemente 4. _____ (haber / emigrar) de la provincia de Manitoba a principios del siglo XX. Los mennonitas forman parte de un grupo religioso que desde el siglo XVI 5. _____ (haber / buscar) un lugar seguro para practicar libremente su religión.

Nombre _____ Fecha _____

CD4-20

10-16 La leyenda del tucán Escucha esta leyenda sobre el origen del tucán y contesta las preguntas seleccionando la mejor respuesta.

Vocabulario: **chicha** = *a type of fermented cider;* **disfrazar** = *to put on a costume;* **pegado** = *stuck*

1. La leyenda del tucán…
    a. es una leyenda mapuche.
    b. es una leyenda guaraní.
    c. es una leyenda chilena.

2. ¿Qué se celebraba?
    a. Una boda.
    b. Un cumpleaños.
    c. El quinceañero de una hermosa joven.

3. ¿Por qué Tuka no fue invitado?
    a. Porque tenía una nariz grande.
    b. Porque era enemigo de Tatutupa.
    c. Porque tenía fama de beber mucho.

4. ¿Cómo entró a la fiesta?
    a. Entró bailando con una amiga.
    b. Se robó una invitación.
    c. Se vistió de blanco y negro.

5. Tatutupa…
    a. reconoció a su enemigo.
    b. perdonó a su enemigo.
    c. bebió chicha con su enemigo.

6. Tatutupa…
    a. lo convirtió en mujer.
    b. hizo que bebiera más chicha.
    c. hizo que el vaso se le pegara *(stick)* a la boca.

7. Tuka al final…
    a. salió volando de la fiesta como un tucán.
    b. mató a Tatutupa.
    c. le ofreció un tucán de regalo.

Capítulo 10

CD4-21

10-17 La creación del mundo Escucha cómo se formó el mundo de acuerdo a una leyenda guaraní y contesta las preguntas.

1. ¿Con quién se casó Tupa?

2. ¿Qué hicieron cuando estaban en la montaña?

3. ¿Cómo creó al ser humano? ¿Qué mezcló?

4. ¿Para qué le dio consejos a la primera pareja?

5. ¿Para qué les dio permiso?

6. ¿A condición de qué pueden usar la tierra?

Rumbo abierto
¡A leer!

Nuestra vida depende de la biodiversidad

Estrategia de lectura: Las palabras que usamos para conectar cláusulas y la subordinación

Las conjunciones **porque, aunque** y **tal como** ayudan a establecer relaciones entre diferentes cláusulas. Si desciframos el significado de estas palabras que conectan las diferentes partes de la oración, podremos entender con más exactitud su significado.

Paso 1: Lee las siguientes oraciones y explica la diferencia en el significado.

1. Él vino a la reunión **porque** estaba programada para las siete de la mañana.
2. Él vino a la reunión **aunque** estaba programada para las siete de la mañana.

_____
_____
_____

Paso 2: Ahora lee el artículo con cuidado y usa la estrategia de la lectura para descifrar el significado de oraciones difíciles.

Como paraguayos y como seres humanos debemos decidir con mucho cuidado qué es lo que queremos hacer con los recursos naturales que tenemos en nuestro país. Nuestro futuro como especie y como cultura depende de la conservación y el uso sostenible de recursos.

El medio ambiente es la fuente de la vida y si lo destruimos vamos a destruirnos a nosotros mismos.

El agua es uno de esos recursos vitales no sólo del hombre sino también de las plantas y los animales. El derecho al bienestar y la salud es un derecho humano básico que tenemos que respetar. Por lo tanto, es nuestra responsabilidad proporcionar agua potable para uso humano y para el correcto funcionamiento de los ecosistemas y los hábitats. El crecimiento demográfico, el alto consumo por parte de ciertos sectores de la población y el desarrollo industrial ponen en peligro el abastecimiento de agua pura para todos los que la requieren para poder sobrevivir.

El suelo es el segundo recurso esencial para todos los seres vivos de este planeta. Al igual que el agua, todos tenemos el derecho a explotar de manera sostenible este recurso natural. El crecimiento económico y las mejoras sociales no son objetivos que van en contra de la protección del medio ambiente. Tenemos que tener en cuenta al desarrollar políticas de empleo o desarrollo social que éstas no afecten de manera negativa la calidad del suelo. De nada vale tener un desarrollo económico o social que sólo va a durar por un par de décadas a causa de la destrucción de un recurso natural que no podemos renovar.

El último recurso básico es el aire. Es la responsabilidad del gobierno, la sociedad civil y la población en general de mantener un aire puro, libre de contaminantes. Nuestro país ha firmado acuerdos a nivel continental y global que lo obligan a luchar por proteger y mantener la calidad del aire. Es esencial que cumplamos con todos los reglamentos y resoluciones de los diferentes tratados que hemos firmado.

Paso 3: Lee las siguientes oraciones e indica si son ciertas (**C**) o falsas (**F**).

1. Según el artículo, todos tenemos la responsabilidad de cuidar el medio ambiente. **C / F**
2. Según el autor, el medio ambiente, las plantas y los animales son una unidad. **C / F**
3. El uso del agua es un privilegio sino un derecho de todos los hombres. **C / F**
4. Según este artículo, explotar el suelo de manera sostenible significa usar el suelo de tal manera que pueda ser productivo por cientos de años. **C / F**
5. Según el autor, los elementos básicos del medio ambiente son el aire, el suelo, el agua y la biodiversidad. **C / F**

¡A escribir!

Estrategia: El ensayo argumentativo

La meta del ensayo argumentativo es la de convencer al lector de un punto de vista sobre un tema en particular. Para tener éxito se necesita definir claramente una tesis y defenderla con razones claras y directas.

Paso 1: Antes de completar esta actividad regresa al libro de texto y lee otra vez la estrategia de escritura: el ensayo argumentativo. Ahora piensa en un tema interesante que quieras presentar. Haz una lista de los temas que se exploraron en este capítulo (inmigración, identidad cultural, medio ambiente, etc.). Luego, identifica la tesis que quieres presentar y cinco o seis razones que apoyen tu tesis.

___

___

___

> **Functions:** Asserting and insisting; Expressing an opinion; Making transitions
> **Vocabulary:** Animals; Languages; Plants; Violence
> **Grammar:** Accents; Relatives; Verbs

Paso 2: Basándote en la información del Paso 1, escribe en un papel el primer borrador de tu ensayo argumentativo.

Paso 3: Ahora, revisa tu borrador y haz los cambios necesarios. Asegúrate de verificar el uso del vocabulario apropiado del **Capítulo 10** y las conjugaciones de los verbos. Cuando termines, entrégale a tu profesor(a) la versión final de tu ensayo.

Nombre _____ Fecha _____

¡A pronunciar!

CD4-22

Acentos. ¿Cómo suenan en cada país?

En cada país hispanohablante tienen un acento diferente. Es fácil para un nativohablante identificar el país de origen de una persona por su acento. ¿Puedes tú saber si una persona es de Inglaterra, de Australia o de Jamaica por su acento? ¿Qué tal una persona de Alabama, de California o de Nueva York? Pues, igual pasa en el mundo hispano.

- Escucha y trata de imitar el acento de un español.

   En un lugar de la Mancha // de cuyo nombre no quiero acordarme // no hace mucho tiempo que vivía // un hidalgo de los de lanza en astillero // adarga antigua // rocín flaco // y galgo corredor

- Escucha y trata de imitar el acento de un argentino.

   —Pero decíme, ¿querés mate o no? //
   —Che, este mate es una porquería. // Yo me voy un rato a la calle, // pero vos sabés que no me tardo nada.

- Escucha y trata de imitar el acento de un puertorriqueño.

   Los hombres son unos diablos
   Así dicen las mujeres
   pero siempre andan buscando
   a un diablo que se las lleve.

- Escucha y trata de imitar el acento de un mexicano.

   Pues mira mijito, // te voy a contar que la nación zapoteca está en el estado de Oaxaca. // Ahí no más, // ahorita mismo te la enseño en este libro. // Muchos hombres importantes han nacido allí. // Tú no te vas a quedar chaparrito para siempre. // Algún día serás importante también.

CD4-23

¿Los reconoces? Escucha las siguientes oraciones y trata de adivinar de qué país es cada persona. ¿Es de Argentina, España, Puerto Rico o México?

1. _____
2. _____
3. _____
4. _____
5. _____

Capítulo 10 **139**

Nombre _____ Fecha _____

Autoprueba

CD4-24

I. Comprensión auditiva

Pasos hacia la reconciliación Escucha el siguiente reportaje de radio sobre un tema de actualidad y decide si las oraciones son ciertas (**C**) o falsas (**F**).

1. El presidente de Chile propuso dar dinero a víctimas de la dictadura. **C / F**
2. Según el autor, más de 20 mil personas sufrieron durante este período. **C / F**
3. Las Fuerzas Armadas niegan haber torturado a los opositores del gobierno militar. **C / F**
4. Según este artículo, se logrará la reconciliación si no se investiga el pasado. **C / F**
5. Angélica Torres afirma que es la responsabilidad de todos mostrarle a las futuras generaciones lo que pasó. **C / F**

II. Vocabulario

Encuentra la mejor definición en la columna de la derecha.

1. restaurar _____
2. pantanal _____
3. rescatar _____
4. incentivo _____
5. imponer _____
6. convenio _____
7. desempleado _____
8. desplazar _____
9. disputar _____
10. excluir _____

a. terreno donde se acumula el agua
b. obligar o exigir que algo se haga
c. recobrar algo perdido o recuperar algo
d. persona que no tiene trabajo
e. recobrar o renovar algo dejándolo en el estado que se encontraba originalmente
f. un estímulo que se ofrece para lograr una meta
g. debatir o competir por algo
h. rechazar a alguien o algo
i. mover o sacar a alguien o algo de un lugar
j. un acuerdo entre personas, grupos, entidades o naciones

III. Estructuras

A. Lo vi con mis propios ojos Ayer cuando llegué del trabajo tuve que pasar por la casa de mi amigo a recoger las llaves de mi casa y no pude creer lo que vi. Llena los dos espacios en blanco con la forma correcta del progresivo para ver que fue lo que pasó.

Eran las seis de la tarde y Donaldo y Dolores 1. _____ (desayunar).

No lo pude creer. Su hermana 2. _____ (ver) la televisión. Joselito,

un niño de ocho años, 3. _____ (oír) música en su iPod. La abuelita Teresa

4. _____ (leer) el periódico y sus nietos 5. _____

(beber) cerveza. Esto parecía una escena de una película de horror.

140 RUMBOS Workbook/Lab Manual

B. ¿Qué estarían haciendo si hubieran ganado las elecciones? Un grupo de políticos comentan sobre lo que estarían haciendo si hubieran tenido éxito en las elecciones. Llena los espacios con la forma correcta del verbo en condicional progresivo.

El candidato a alcalde 1. _____ (celebrar).

Los ayudantes 2. _____ (escribir) discursos.

Yo 3. _____ (trabajar) como siempre.

Y tú, ¿qué 4. _____ (hacer)?

Nosotros 5. _____ (beber) champaña.

C. Preparación para un debate Un asesor especula sobre lo que cree que debe o no debe suceder para pasar una ley de protección al medio ambiente. Llena los espacios con la forma correcta del progresivo en subjuntivo.

Espero que el ministro 1. _____ (estudiar) el problema de la contaminación del agua.

No creía que él 2. _____ (prepararse) para la presentación ante el senado.

Es necesario que los senadores 3. _____ (apoyar) la propuesta para que tenga éxito.

Sería una lástima que 4. _____ (disminuir) el apoyo de los representantes del pueblo.

Es bueno que el presidente 5. _____ (alentar) a sus seguidores.

IV. Cultura

¿Qué has aprendido en este capítulo sobre Paraguay y Bolivia? Lee las siguientes oraciones y decide si son ciertas (**C**) o falsas (**F**).

1. El grupo indígena guaraní vive principalmente en Paraguay. **C / F**
2. Paraguay y Bolivia lucharon una guerra por el control de la región del Chaco. **C / F**
3. Pablo Neruda es un conocido político paraguayo. **C / F**
4. Paraguay es un país bilingüe. **C / F**
5. Itaipú es una represa entre Chile y Paraguay. **C / F**

Photo Credits

Cover Image: *Le Passage à niveau,* 1919, Fernand Léger (1881–1955) French). Oil on canvas, "© Artists Rights Society (ARS), New York / ADAGP, Paris." Photo: © Art Institute of Chicago, Illinois/A.K.G., Berlin/Superstock.

Page 51: Author's photo

Page 66: Author's photo

Page 80: EPA/Everett Kennedy Brown STF/Landov